O CÁLICE DE OURO

Edgar J. Hyde

Ciranda Cultural

O CÁLICE DE OURO

Edgar J. Hyde

CIP-BRASIL. CATALOGAÇÃO NA PUBLICAÇÃO
SINDICATO NACIONAL DOS EDITORES DE LIVROS, RJ

H992c
Hyde, Edgar J.
O cálice de ouro / Edgar J. Hyde [pseudônimo de Robin K. Smith] ; tradução: Silvio Antunha. - 1. ed. - Barueri, SP : Ciranda Cultural, 2016.
112 p. ; 20 cm. (Hora do espanto)

Tradução de: The golden goblet
ISBN 9788538064671

1. Ficção infantojuvenil escocesa. I. Antunha, Silvio. II. Título. III. Série.

16-31291 CDD: 028.5
CDU: 087.5

Título original: *The Golden Goblet*

Tradução: Silvio Antunha

1ª Edição
2ª Impressão em 2017
www.cirandacultural.com.br

Sumário

Prólogo

Caro leitor, por onde começar?

Esta é a história de como a sobrevivência de um antigo clã escocês foi ameaçada por um inimigo igualmente muito antigo. No mundo moderno, com tecnologia e dinheiro, é fácil as pessoas esquecerem que existem outras forças poderosas atuando, tanto para o bem quanto para o mal. As antigas tribos celtas da Escócia e da Irlanda, chamadas de clãs, mexiam bastante com magia. E esta história vai mostrar que é assim até hoje!

Deixe-me levá-lo de volta ao lugar onde a nossa história começa: Balmaconnell, uma pequena aldeia na costa noroeste da Escócia, cerca de 100 quilômetros a oeste de Inverness, a capital da região das Highlands.

O clima é cruel, mesmo no verão. Embora o sol apareça algumas vezes em junho e julho, o frio nunca entende isso como uma dica para sair dali e insiste em ficar por perto o ano todo. Os habitantes de Balmaconnell dizem que o clima do lugar é gelado por causa da quantidade de fantasmas que vivem por ali. São os fantasmas das pessoas que foram expulsas das terras há mais de um século pelos proprietários, que queriam abrir caminho para as ovelhas; das pessoas que morreram de fome, que era uma coisa comum; de famílias inteiras que foram mortas pelos casacas vermelhas, quando eles chegaram para vingar a Rebelião. E não podemos nos esquecer dos fantasmas de todos os outros malfeitores que fizeram os habitantes da região sofrerem tanto, que comiam e viviam como reis após suas vitórias, mas que um dia morreram como qualquer outra pessoa. Dizem que esses são os fantasmas mais frios, pois eles não têm alma. Eles estão condenados a sentir para sempre a dor e o sofrimento que causaram aos habitantes dessas terras quando ainda estavam vivos. Eles serão para sempre caçados pelos outros fantasmas em busca de justiça, mesmo no além. E se os descendentes desses malfeitores tentarem prejudicar algum morador das Highlands, no mesmo instante, os fantasmas que procuram justiça avisam seus companheiros para ficarem de prontidão.

E isso me leva à nossa história, o propósito deste livro.

Capítulo 1

Sarah MacDonnell, de 12 anos, morava em Londres com o pai, Kevin, e a mãe, Fiona. O pai era um jornalista bastante conhecido, de um grande jornal de Londres. Ele era muito ambicioso e esperava ser promovido a editor do jornal, já que havia sido aberta uma vaga após a morte do editor anterior, o senhor Burns. Embora vivesse em Londres, Sarah se orgulhava de ter nascido em Balmaconnell, a mesma aldeia onde seus pais tinham nascido, vivido e se casado. E era nessa mesma aldeia que sua avó Edith morava.

A família costumava passar o verão em Balmaconnell, mas, como o trabalho do pai de Sarah começou a tomar conta da vida dele, aos poucos eles pararam de ir para lá. Por causa da imensa saudade que sentia de Balmaconnell e de Edith, Sarah costumava praticar um truque mágico que tinha aprendido. O truque, como a avó havia explicado, era deitar na cama com os braços ao lado do corpo e as pernas em linha reta, fechar os olhos, pensar em seu lugar favorito de Balmaconnell (o antigo cemitério, onde ela e a avó compartilhavam muitas histórias) e se concentrar. Se Sarah se concentrasse bastante e praticasse o truque por vários meses, ela conseguiria se transportar num passe de mágica para o cemitério de Balmaconnell, e ela e a avó poderiam conversar como se não houvesse centenas de quilômetros separando as duas. Sarah logo fez o truque, que nem sempre funcionava. Parecia que dava mais certo à noite, um pouco antes de ela adormecer. Mas ela nunca tinha muita certeza se tinha sonhado ou se de fato tinha "viajado" de volta para a aldeia natal.

– Se ao menos a vovó tivesse um telefone, eu poderia perguntar se ela me viu no cemitério e eu saberia que eu não estava sonhando – Sarah costumava dizer para si mesma.

Mas a avó Edith não tinha telefone, apesar de o pai de Sarah ter se oferecido para pagar todas as contas. A avó nunca aceitou dinheiro de ninguém, até disse que poderia viver sem dinheiro algum. Ela não acreditava em telefones nem em nada que fosse moderno. Nem televisão ela tinha! Esse, pensava Sarah, era o único defeito de sua maravilhosa avó. Apesar de não ter televisão, a avó Edith era a pessoa mais legal do mundo, até onde Sarah sabia. Ela costumava escrever cartas para Sarah, descrevendo a paisagem, a fauna, o mar e, claro, a neve. Em Londres não nevava quase nunca, mas em Balmaconnell, só não nevava no verão, quando toda a neve se transformava em chuva. Edith não gostava de dar e receber presentes "materiais", e Sarah tinha se acostumado com isso. Além disso, a avó também dizia para Sarah que os presentes que ela deixaria como herança para a única neta seriam as histórias que contava.

Eram histórias reais, que a avó tinha ouvido do pai, que tinha ouvido do pai dele e assim por diante. Edith chamava esse presente de "Memória Secreta", e Sarah ficava muito intrigada com essa ideia de "Memória Secreta".

– Mas o que isso significa? – ela se perguntava.

O pai de Sarah, que era filho de Edith, tinha falado para a mãe que achava que a Memória Secreta era apenas superstição e, quando finalmente estava pronto para recebê-la (ao fazer 25 anos), ele não estava interessado. Como dizia Edith, o pai de Sarah preferiu "vender a alma" para o jornal de Londres, onde ele trabalhava. Antes de conseguir o emprego lá, ele havia prometido que sempre se lembraria de suas raízes gaélicas e que usaria sua influência para contar suas histórias. Porém, como se afastou de suas raízes, fazia muito tempo que ele tinha decidido que elas não passavam de uma distração. Na verdade, os pais de Sarah tiveram que percorrer grandes distâncias para esquecerem suas origens. Tiveram até que mudar o sotaque, para se adaptarem a seus amigos chiques de Londres. Eles pareciam ter bastante vergonha do passado, e, embora Edith os amasse muito, isso a machucava demais. Então, quando seu filho, o pai de Sarah, se ofereceu para pagar a conta de telefone e todas as outras, não era de se admirar que ela recusasse a proposta. O que ela queria mesmo era uma pessoa que aceitasse seu presente atemporal, que ela chamava de Memória Secreta. Afinal, esse era um presente que durante séculos vinha sendo passado de geração em geração.

Capítulo 2

Edith acreditava que os personagens da Memória Secreta estavam vivos em sua mente. Isso significava que, enquanto ela estivesse viva, eles também estariam. Era dever de todo MacDonnell de respeito manter esses personagens vivos. Se ela não transmitisse a Memória Secreta para alguém, eles morreriam junto com ela. Você deve estar se perguntando quem são "esses personagens". Vou explicar. Esses personagens eram ancestrais, futuros descendentes, espíritos que lutaram para proteger o clã ao longo dos tempos. Se eles eram apenas frutos da imaginação da avó ou se eram reais, depende se você acredita ou não em coisas como fantasmas e outras criaturas estranhas.

A Memória Secreta só podia ser transmitida por pessoas da mesma linhagem (de um parente para outro), então Sarah era a última esperança. Naturalmente, a avó Edith tinha medo de ser responsabilizada por não repassar a Memória Secreta, mas não era esse o maior medo dela. O que realmente a deixava com medo era que os descendentes da sua linhagem perderiam contato com a memória do clã, seu verdadeiro "eu", e assim perderiam a proteção do clã. E não era só isso, havia até mesmo a possibilidade de que eles traíssem o clã sem ao menos saberem.

Graças aos sonhos que teve com a avó, Sarah estava consciente de tudo isso e tentava sempre convencer seus pais, Kevin e Fiona, a levar as preocupações da avó a sério. Mas os dois não estavam nem um pouco interessados em ouvir coisas que eles tinham passado anos tentando esquecer. Você sabe como são os pais, diriam que fantasmas não existem. É o que veremos...

Nesse ponto da história, fazia dois anos que Sarah não via a avó. Embora elas não se encontrassem muito, havia um vínculo muito forte entre as duas. Sarah atribuía isso ao fato de ambas serem filhas únicas. Na verdade, o forte vínculo entre as duas era alimentado pela avó Edith desde o dia em que Sarah nasceu.

Doze anos antes, Kevin e Fiona tinham contado por carta a Edith que estavam esperando um bebê. Como você já deve imaginar, a avó insistiu que a criança nascesse em Balmaconnell, a terra natal dessa linhagem especial do clã MacDonnell. Kevin e Fiona estavam igualmente determinados a não deixar que nada, nem mesmo a chegada de um bebê, perturbasse a nova vida deles em Londres. Então, quando eles tiveram que fazer uma rara visita à cidade no dia do funeral do pai de Kevin, Fiona, que estava grávida de sete meses, entrou inesperadamente em trabalho de parto. A avó Edith fez o parto de Sarah em casa, durante o velório. As pessoas que estavam no funeral não sabiam se sorriam ou se choravam.

Todos se encantaram com a linda menininha. A partir daquele dia, Sarah ganhou um lugar especial no coração de todo o povo de Balmaconnell.

Pronto, agora você está atualizado e já conhece o contexto deste conto estranho e maravilhoso. Os próximos capítulos vão contar o resto da história sem a minha ajuda.

Quem sou eu? Bem, nós vamos nos reencontrar no final da história e tudo será revelado. Até mais!

Capítulo 3

Sarah estava deitada na cama, exausta por causa da aula de Educação Física. Viu a lua cheia pela janela. Aquilo sempre a assustava. Ela sabia que, quando ela apagasse a luz, a lua continuaria brilhando através da cortina, só para mostrar que ainda estava lá, mesmo que Sarah não olhasse. A garota tentou esquecer esse pensamento e voltou a pensar na aula.

– Por que estou tão cansada? – ela perguntou para a mãe, acrescentando: – E, ainda por cima, não ganhei nada!

– Você fez o seu melhor, meu amor. Isso já é ótimo.

Como sempre, a mãe estava tentando consolá-la. E, como de costume, Sarah fazia de tudo para não deixar a mãe saber que estava dando certo.

– É, mas ninguém ganha um troféu por fazer o melhor, né? – disse Sarah, aborrecida.

A mãe foi colocá-la na cama e, com mais paciência do que nunca, acrescentou:

– Se fosse assim, você ficaria em primeiro lugar sempre.

Sarah não sabia como reagir.

"É, a mamãe está de bom humor. Então, não adianta insistir, tenho que concordar com ela" – ela pensou.

– Sonhei com a vó Edith de novo ontem. Na verdade, eu diria que tivemos outra conversa no sonho. Quer saber o que falamos? – ela disse.

A mãe de Sarah fez uma pausa, olhou para a única filha e disse:

– Apenas 12 anos e já é uma campeã sonhadora! Você poderia sonhar pela Escócia inteira, não é?

Ela se abaixou e beijou Sarah na cabeça.

– Boa noite, filha.

Com isso, sorridente, Fiona foi até a porta e acrescentou:

– Ah! Tente arrumar um tempo para dormir entre esses sonhos assustadores.

– Mas, mãe... – Sarah gritou. – Eu falei de verdade com a vó Edith ontem!

– Nos sonhos? Acho que não. Por favor, não vamos ter essa conversa de novo.

– Certo. Boa noite, mãe – suspirou Sarah, sabendo que sua mãe nunca acreditaria no que ela tinha para dizer.

Sarah se deitou na "posição de sonhar" ensinada pela avó. Fechou os olhos, deixou os braços ao lado do corpo e pensou em Balmaconnell. Ela imaginou que estava voando pela aldeia, de onde conseguia ver claramente as características do lugar. Sarah viu a pequena ponte sobre o rio Connell; a grande casa do doutor James no limite da aldeia; a rua principal, com umas 20 casas de cada lado; e, por fim, o que ela estava procurando: o cemitério.

"Engraçado. Adoro vir a este cemitério nos meus sonhos, mas ainda me assusto quando vejo a lua pela janela do meu quarto." – pensou Sarah.

Isso acontecia porque, em todos os sonhos de Sarah, era dia no cemitério de Balmaconnell. Mas algo estava errado dessa vez, muito errado. Quando ela se imaginou sobrevoando a aldeia, era dia, como de costume. Porém, conforme ela entrava no cemitério, o céu começava a escurecer. Foi ficando cada vez mais escuro, até que ela não conseguia ver mais nada, e seus olhos tentavam se acostumar à espessa escuridão que havia em toda parte.

Ela se sentou em sua lápide favorita. Normalmente, ela só precisava sussurrar: "Vó, eu estou com você", e a avó apareceria ao lado dela num passe de mágica, procurando um cantinho para se sentar. Mas, dessa vez, Sarah sussurrou as palavras de sempre e nada aconteceu. Havia apenas aquela incrível escuridão que ela nunca tinha visto no sonho.

A cada segundo, Sarah ficava mais nervosa. Tão nervosa que decidiu acordar, na esperança de voltar para sua cama quente e confortável. Ela preferia se assustar com a lua que atravessava a cortina a ficar naquele pesadelo por mais tempo. Sarah fechou os olhos e murmurou: "Acorde!".

Normalmente, isso era suficiente para fazê-la acordar imediatamente. Ela abriu os olhos, mas, para seu horror, ainda estava no cemitério! Será que ela estava presa naquele sonho para sempre? Fazia cada vez mais frio. Tanto frio que ela não aguentava mais.

– Socorro! Vó Edith, mãe, pai, alguém!

Ficava cada vez mais escuro e frio, quando ela pensou de repente:

"Eu disse 'alguém'? Talvez não seja a melhor palavra para usar, já que estou num cemitério!"

Então, Sarah escutou um som de arranhões, e a escuridão começou a sumir. Ela conseguia ver as sombras de "coisas" que corriam e se escondiam pelo cemitério.

"Hum" – ela pensou de novo. "Acho que ficar na escuridão total seria melhor que isso."

– Vó Edith, é você? – ela perguntou, tremendo.

Uma gargalhada horrível surgiu do nada. Era como se a risada estivesse indo na direção de Sarah, mas depois o barulho simplesmente parou. Ela começou a ouvir sons de criaturas que, com certeza, não existiam em nenhum livro de biologia. Felizmente, o céu clareou um pouco, mas a vó Edith não havia dado sinal de vida. A garota ouviu de novo o arrepiante som de arranhões. Então, ela resolveu segui-lo para descobrir de onde vinha. Sabia que estava bem perto. De fato, ela andou poucos metros até perceber que o chão estava se movendo, como se estivesse afundando. Sarah logo percebeu que o chão era, na verdade, uma sepultura recém-escavada!

"Essa, não!" – ela pensou.

Logo em seguida, ela viu um dedo sair de onde o chão estava afundando, depois a mão e em seguida o braço! Depois, outro dedo, outra mão e de repente dois braços começaram a sair da sepultura. Sarah via tudo, incapaz de se mexer e de emitir qualquer som. Aos poucos, a figura de uma mulher saía da sepultura.

Era a avó de Sarah. Mas por que ela estava fazendo aquele truque? Por que estava saindo de uma sepultura?

Capítulo 4

– Minha querida, desculpe por ter assustado você – murmurou Edith.

"Ufa!" – pensou Sarah. "É só a vovó."

– Você me deixou muito preocupada – ela disse para a avó. – O que está acontecendo?

Edith se limpou, chegou perto de Sarah e disse:

– Não se assuste, Sarah. É que eu estou meio... morta. Pelo menos, muito em breve eu estarei.

– O-o qu-quê?

Sarah quase não teve fôlego suficiente para pronunciar as palavras "o quê", mas Edith sabia muito bem o que a neta estava tentando dizer.

– Como eu disse, não se assuste. Como você pode ver, o fato de eu estar morta não significa que a gente não possa mais conversar em sonho. Enquanto eu estiver viva em seu coração e em sua mente, como posso estar morta?

– Mas você está... meio morta, não é?

– Estou, mas isso não é o fim do mundo. Além disso, o que você está vivendo na verdade é uma "premonição". Você sabe o que é isso, não é?

– É, mais ou menos. Por que você não me conta só para eu ter certeza? – pediu Sarah, obviamente sem ter a menor ideia do que seria uma premonição.

Edith deu um tapa na própria testa, num leve sinal de repreensão, e disse:

– Não me diga que ainda não ensinei para você tudo sobre premonições! Que tipo de avó das Highlands eu sou? Bem, minha filha, premonição é quando você sonha com uma coisa que ainda não aconteceu. É mais ou menos como ver o futuro. A questão é que eu ainda não estou morta. Tive um AVC, e os espíritos me disseram que vou morrer em poucas semanas. Apareci para você neste sonho porque preciso avisá-la de que o clã está em grande perigo.

Sarah se sentou em sua lápide favorita, e Edith se sentou ao lado dela.

– Você parece estar lidando muito bem com a sua morte, vó Edith, considerando que você está... bem... morta.

– A morte, Sarah, não é grande coisa. Pode acreditar em mim, o mundo dos vivos leva a morte muito a sério. Eu não vou precisar mais comer mingau todo dia. Você acha que eu estou chateada? Está brincando? Não me leve a mal. Eu sou tão patriota como qualquer pessoa neste país, mas você já provou o nosso mingau, não é? Sentiria falta disso? E nem preciso comentar sobre o *haggis*. Não sei quem inventou isso, mas só sendo louco para inventar um prato com bucho de carneiro. Para ser sincera, vou até sentir falta de algumas coisas boas, mas, só de saber que não terei mais que aguentar todo o resto, vai valer a pena. Imagine só, nunca mais vou ter que usar roupa xadrez! Oba! – e com isso Edith começou a dançar giga (para quem não sabe, giga é uma dança de origem britânica).

Até aquele momento, Sarah imaginava que sua avó estava bem e com saúde. Apesar de ter acabado de descobrir a verdadeira situação, ela riu ao ver aquilo que aparentemente seria o fantasma de sua avó. Em geral, fantasmas são assustadores ou, no mínimo, tristes. Mas aquele parecia estar se divertindo pela primeira vez na vida! Ou melhor, na morte! Edith estava adorando sua nova condição fantasmagórica, tanto que saiu dançando pelo cemitério com a luz da lua como holofote.

"Que bom para você, vó Edith!" – Sarah pensou. "Se você consegue sobreviver à morte, pode sobreviver a qualquer coisa!"

Edith leu os pensamentos da neta e disse:

– Sim, mas agora que já superei o choque da minha morte iminente de um jeito engraçado, tenho algo mais sério para dizer a você, minha filha.

– É mais sério do que a morte? – Sarah sorriu.

– Sim, minha querida, é muito mais sério do que a morte.

Sarah parou de rir.

Capítulo 5

– Vamos caminhar um pouco – sugeriu Edith. – Quero que você conheça algumas pessoas... Quer dizer, não é bem isso... alguns... ahn... fantasmas, acho que esse seria o termo mais correto.

– Não vamos forçar a barra, né, vó? Acabei de descobrir que você vai morrer!

– Não, esses fantasmas estão do nosso lado, Sarah. Não temos motivo para ter medo deles. Eles têm uma mensagem importante para nós.

Juntas, elas entraram na velha igreja. Sarah ficou um pouco nervosa, porque elas não usaram a porta, elas simplesmente atravessaram a parede!

"Ok, conversamos sobre isso depois do meu encontro com esses fantasmas, ou o que quer que eles sejam" – pensou Sarah.

No púlpito da igreja, havia uma figura que Sarah imaginou ser o fantasma do reverendo MacGregor. Ele tinha sido ministro daquela paróquia até sua morte, três anos antes. Ele estava sorrindo para Sarah.

– Ora, ora! Vejam só a garotinha que nasceu no funeral do avô. Isso é o que eu chamo de entrada triunfal! – brincou o reverendo MacGregor.

Sarah se sentia estranhamente calma, como se estivesse entre amigos. Escutou muitas risadas, vindas dos bancos da igreja, por causa da piada do reverendo MacGregor. Porém, os bancos estavam vazios! Logo em seguida, Sarah começou a ver diversas criaturas sentadas, e nem todas eram pessoas.

Algumas eram muito estranhas, pareciam bois e vacas das Highlands, mas ficavam em pé, como uma pessoa. Outras pareciam pessoas, mas tinham feições terrivelmente exageradas. Sarah já tinha visto imagens dessas criaturas num livro da avó, que o pai, mesmo sem ter lido, guardava na grande estante do quarto. Eram seres de aparência assustadora, e Sarah não podia deixar de notar como eles cheiravam mal.

Eles tinham cheiro de cachorros peludos que nadaram no mar e não secaram direito. Na verdade, eles eram bem peludos.

"Será que não existem cabeleireiros na terra deles?" – Sarah pensou.

– Não, não existem cabeleireiros na nossa terra, mocinha – revelou a maior, mais feia e mais feroz das criaturas que estava ali. – Sim, é isso mesmo. Nós podemos ler os seus pensamentos! – ele, ou melhor, aquela "coisa" concluiu.

Novamente, a congregação fantasmagórica explodiu em risos. Bem, quem poderia culpá-los? Afinal, não é todo dia que um bando de fantasmas naquela parte do mundo encontra alguém com quem podem brincar um pouquinho. Esta foi uma coisa que Sarah aprendeu: os fantasmas podem ser tão bobos quanto o resto de nós.

– Não fique chateada com as nossas brincadeiras, Sarah – disse o reverendo MacGregor. – Sente-se, vamos explicar por que você está aqui.

Sarah se sentou.

– Sarah, na verdade, você está aqui no lugar do seu pai. Ele passou muito tempo longe da terra natal e ignorou todas as instruções da sua avó Edith sobre a Memória Secreta. Por isso, sabemos que não podemos contar com ele. Entenda, as forças do mal estão tomando o controle do nosso destino. Elas aparecem como salvadoras para as pessoas do mundo dos vivos. Cercam as pessoas de dinheiro e poder, e fazem parecer que isso é para o bem de todos. Mas, na verdade, elas fariam qualquer coisa para destruir nosso clã e todos os nossos amigos que vivem nesta área.

– Reverendo, você sabe mesmo como enrolar, não é? – interrompeu um fantasma alto e angelical chamado Christian.

Curiosamente, este fantasma falava com o que parecia ser um sotaque americano.

– Vou explicar melhor, querida. A sua avó deve ter contado algumas histórias para você. Você já sabe que nós, os fantasmas das Highlands, juramos atormentar os fantasmas daqueles que nos fizeram mal há muito tempo, certo? – Christian continuou.

– Sim – respondeu Sarah.

– Ótimo. Agora, além de atormentar os fantasmas dos caras maus, também temos o grande prazer de assombrar os descendentes deles: netos, bisnetos, e assim por diante. Alguns são pessoas decentes, então nós os deixamos em paz. Mas outros são pessoas ruins, gente gananciosa igual aos antepassados. Então, nós dificultamos as coisas para eles. A gente os assusta para valer! É muito divertido, não é, pessoal? – Christian disse, rindo.

Quase todos os fantasmas riram e concordaram com ele. O reverendo MacGregor balançou a cabeça, em sinal de reprovação. Mesmo assim, Christian continuou falando:

– O problema é que um dos descendentes desses caras maus ficou tão rico e poderoso que ele está prestes a controlar o mundo inteiro. Parece exagero, eu sei, mas é verdade. E se ele conseguir controlar o mundo, todos se tornarão escravos dos desejos dele. Vão ficar que nem aqueles tontos que só querem dinheiro e vão se esquecer completamente das suas origens. É claro que vocês poderão comprar quantos hambúrgueres e batatas fritas quiserem, além de carros velozes, casas enormes e roupas da última moda... Ei, esperem um minuto, pessoal. Qual era mesmo o nosso problema com isso? Porque isso parece ótimo! Ah, é! Verdade, lembrei. Sarah, se uma pessoa se importa apenas com coisas materiais, significa que ela perdeu a alma. E isso quer dizer que, quando morrer, ela não vai virar fantasma. Na verdade, vai deixar de existir. Se todos os descendentes do nosso clã perderem a alma, nós vamos ficar sem trabalho, querida. Somos os anjos da guarda do clã. Ficaremos sem trabalho e deixaremos de existir. Apesar de nunca ter experimentado como é deixar de existir, posso dizer que essa ideia não me anima. E é aí que você entra!

Capítulo 6

– Eu? O que você quer dizer com "é aí que você entra"? – perguntou Sarah. – Agora, você está me assustando de verdade! Não conte comigo para entrar em lugar nenhum, meu amigo fantasma. Se essa história precisa de algum tipo de herói, posso ajudar você a encontrar esse cara, sem problema nenhum. Mas não vá pensando que sou eu! Vou até ajudar a fazer um anúncio para os classificados dos jornais: "Precisa-se de herói para salvar clã da extinção". Sou boa com as palavras, mas quanto a salvar clãs e mundos... Bem, digamos que não tenho muita prática. Então, foi um prazer conhecer vocês, fantasmas, mas agora, se me derem licença, vou acordar e voltar a viver uma vida superficial, num estado abençoado de ignorância. Porque nisso eu sou muito boa!

Rindo muito, Edith se sentou ao lado de Sarah num dos bancos da igreja. Estava orgulhosa de saber que sua neta tinha opinião própria e não estava assustada. Na verdade, Sarah tinha a personalidade muito parecida com a da avó. No entanto, Edith sabia que Christian estava certo: Sarah era a única pessoa que podia ajudá-los. Foi o que a avó disse para ela.

– Mas, vó, por que eu? Existem tantos do clã dos MacDonnell no país. Com certeza algum deles poderia se voluntariar, não é?

– Sarah, minha filha, existe mais uma coisa que ainda não contei para você: cada clã tem uma bruxa.

Ela fez uma pausa. Ficou pensativa por um momento, depois acrescentou:

– Essa palavra tem um sentido muito negativo, não acha?

– Vamos ver se eu adivinho – disse Sarah. – Você é a bruxa do clã MacDonnell. Como sou a sua única descendente disposta a ouvir a Memória Secreta, o meu destino é ser a próxima bruxa do clã. Acertei?

– Sim, é mais ou menos isso, talvez sem esse floreio melodramático. Já vi que você não gosta da palavra bruxa. Se preferir, pode usar a palavra "druidesa".

Nesse momento, ouviu-se um alvoroço nos bancos. Os fantasmas protestavam contra Edith, depois de ouvirem a palavra "druidesa". Ela percebeu que eles ficaram ofendidos e começou a rir.

– Nossa, eu cutuquei o morcego com a vara curta, não é?

– Você quer dizer "cutucar a onça com a vara curta", vó? – Sarah corrigiu.

Edith sorriu de novo e respondeu:

– Você viu alguma onça aqui? Nem eu!

Sarah olhou ao redor e percebeu que na igreja não havia só fantasmas, mas também tudo o que tinha a ver com esse negócio de assombração. Eram ratos, morcegos e até aranhas do tamanho de uma pessoa, mas obviamente com patas bem mais peludas. O chão estava repleto de ratos e, nas luminárias, havia mariposas maiores do que as próprias lâmpadas. Além disso, também estava lá um grupo de besouros tão desafinados que não conseguiam nem afinar um violão, muito menos escrever canções de sucesso. Mesmo assim, eles adoravam tocar Beatles. Os besouros eram pequenos, mas garantiram para Sarah que já tinham sido enormes e que os bons tempos voltariam em breve. Na verdade, eles eram terríveis!

– Pare com isso, vovó – disse uma figura encapuzada que apareceu do nada. – Você sabe muito bem que isso não é trabalho de mulher! Apenas homens podem ser druidas!

Esse personagem antiquado era Danny, um druida do século I a.C. (se isso não é antiquado, o que mais poderia ser?) que tinha perdido os poderes por fazer mau uso deles. A avó Edith cochichou para Sarah que Danny nunca levou as mulheres a sério.

– Ser druida pode até ser "trabalho de homem". Mas nosso druida residente está sem poderes. É melhor ter uma druidesa do que não ter druida nenhum! – disse Christian, com seu sotaque americano inconfundível. – Lembre-se do trato, Danny. Você só vai recuperar seus poderes quando aceitar que as mulheres são tão importantes para o clã quanto os homens. Estamos todos juntos nessa. Todos temos habilidades especiais. A sua missão nesta crise será compartilhar os seus segredos com a Sarah. Só porque você não pode usar suas habilidades, não significa que você tenha se esquecido delas.

– Ok. Faço qualquer coisa para ter meus poderes de volta.

Christian então olhou para um homem de aparência latina e disse:

– Carlos, você é o nosso representante cigano. Quero que ensine todos os seus segredos para Sarah, quiromancia e coisas assim.

– *Si, señor.*

– Espere um pouco – Sarah interrompeu. – Esse Carlos é um celta, membro do clã MacDonnell? Só pode ser brincadeira. Pessoas de origem celta não têm essa aparência! Até onde eu sei, nosso povo não fala assim!

– Calma, Sarah – disse Edith. – Lembre-se de que muitos celtas foram forçados a deixar as Highlands e foram parar em vários lugares. Assim como o Christian, muitos nasceram nos Estados Unidos, porque a família se mudou para lá na época em que as terras foram devastadas, há mais de um século. Inclusive, alguns chegaram a fazer parte do exército francês de Napoleão, antes disso. Nós nos espalhamos pelo mundo todo, da Austrália e Nova Zelândia até a Argentina e o Canadá. Veja o Carlos, por exemplo. O avô dele fugiu para a França após a rebelião de 1745. Ele foi um dos homens que ajudaram o príncipe Carlos Eduardo Stuart, conhecido como Bonnie Prince Charlie, a fugir para Paris. Ao chegar lá, o avô de Carlos conheceu uma bela cigana espanhola. Ele foi morar com o povo dela, e todos tinham orgulho da origem celta dele. Tanto que, quando Carlos nasceu, os ciganos o chamaram de Carlos, o celta. Está vendo, minha filha? É por isso que nunca devemos julgar um livro pela capa. É preciso ter a mente aberta em relação às pessoas. Qualquer outra atitude é tolice.

Carlos se aproximou de Sarah e de Edith. Então, como um cavalheiro de contos de fadas, ele se curvou e deu um beijo na mão de Sarah. Ele sorriu para a garota e disse:

– Os ciganos e os celtas têm muito em comum, como poderes misteriosos e coisas assim. Ambos os povos sofreram nas mãos de gente que acha que não somos tão bons como eles. Nós, mais do que todos os outros, não deveríamos julgar as pessoas pela aparência.

Christian suspirou um pouco aborrecido. Ele era o único fantasma que fazia discursos tão importantes. Ou, pelo menos, era assim que ele pensava.

– Muito comovente, Carlos, sem dúvidas! – ele afirmou.

Christian olhou para Sarah e continuou:

– Precisamos de um representante no mundo dos vivos, alguém como você, Sarah. Alguém que conheça a nossa história, que acredite em nós e que possa convencer os outros a retornarem à sua verdadeira essência. Alguém para convencer os outros de que eles precisam virar as costas para a ganância do mundo e ser felizes fazendo apenas coisas boas para as pessoas. Alguém que possa...

Christian olhou para o fantasma de uma senhora que anotava tudo o que ele dizia e acrescentou:

– Está escrevendo isso, Lydia? Verifique se escreveu tudo certo. Acho que este é um dos meus melhores discursos, talvez eu queira distribuí-lo depois.

Ele olhou para Sarah de novo e concluiu:

– Você entendeu tudo, querida?

– Entendi. Agora vocês só precisam me dar alguma pista de quem é esse cara malvado e poderoso, depois me dizer o que ele quer e como pará-lo – respondeu Sarah, surpresa com a forma como ela parecia animada.

Nesse momento, houve um silêncio.

– E então? Qual é o nome dele? – Sarah acenou, tentando convidar alguém para juntar-se à conversa.

Nada além de silêncio.

– Ok, pelo menos o sobrenome? O primeiro nome? Ninguém sabe?

O silêncio continuou.

Sarah encarou o bando de fantasmas reunido nos bancos da igreja. Todos olhavam incomodados para os próprios pés, o que era uma tarefa meio difícil para as aranhas gigantes, já que, afinal de contas, elas tinham oito patas. Até Christian, o mais confiante de todos, fingia que estava passando a limpo as anotações do discurso que a senhora fantasma tinha acabado de lhe entregar.

– Esse silêncio significa que não sabemos o nome do cara malvado que está prestes a dominar o mundo? – perguntou Sarah, ligeiramente preocupada.

Ela olhou para Danny, o druida, depois para o reverendo MacGregor e, por último, para Christian, que desviou a atenção das anotações e disse:

– Hum? Ah, sim! É isso mesmo, querida, você entendeu bem. Então, se você conseguir descobrir quem é esse cara, onde ele está, o que ele faz e como detê-lo, será ótimo. Avise-nos quando tiver terminado, mocinha!

A avó Edith franziu um pouco as sobrancelhas. Nesse momento, Sarah percebeu que o povo do "Outro Mundo" (era assim que os clãs celtas chamavam o lugar para onde as pessoas vão quando morrem ou quando estão dormindo) não sabia de tudo no final das contas.

"Caramba!" – ela pensou. "Eles estão mesmo dependendo de mim! Minha nossa! Que tipo de clã é esse que tem a mim como a última esperança? Puxa!"

Capítulo 7

Foi então que houve uma tremenda barulheira, como se fossem sinos de uma igreja tocando sem parar. Sarah tapou as orelhas, mas não adiantou. O barulho, que surgiu do nada, era ensurdecedor. Ela olhou ao redor e viu que os fantasmas estavam correndo para todos os lados, gritando com as mãos nas orelhas. Todas as aranhas assustadoras começaram a subir pelas paredes. Os morcegos batiam nas janelas, tentando sair da igreja. As paredes tremiam tanto que apareceram rachaduras no teto.

O reverendo MacGregor entrou em pânico, então Christian e Danny o ajudaram a sair do púlpito e correr para a porta. Alguns fantasmas seguravam a respiração, pois esse era um truque para eles desaparecerem.

O barulho continuava, cada vez mais alto.

– Ah! Mas que barulho terrível! O que é isso? – berrou Carlos.

Ele e os outros lançaram um olhar acusador para os besouros, que sempre levavam a culpa em caso de algum barulho terrível.

– Mas nós não fizemos barulho nenhum! – protestaram os besouros, com os violões na mão, prontos para se defenderem, como em todas as vezes que alguém os acusava de terem feito ruídos terríveis.

– Venha, Sarah – Edith chamou a neta.

Sarah viu muitos fantasmas atravessando a parede.

O barulho não parava. Sarah pensava que sua cabeça iria explodir. Edith a pegou pela mão e atravessou a parede. Sarah viu a avó passar para o outro lado e ficou na esperança de fazer o mesmo, mas a garota apenas sentiu algo bater em sua cabeça quando ela tentou atravessar a parede da igreja. Ela caiu e ficou sozinha lá. A avó tinha atravessado a parede, mas a neta não!

– Vó, espere por mim! – gritou Sarah.

Ela estava ouvindo a voz de Edith, de Christian, do reverendo MacGregor e dos outros gritando para ela coisas como: "Você ainda não pode atravessar paredes!" e "Não se esqueça de tudo o que dissemos. Isso não foi um sonho. Contamos com você!".

Sarah conseguiu ouvir sua avó dizendo:

– Vamos nos encontrar de novo logo. Tenha fé, minha filha. Tenha fé!

Mas o barulho piorava cada vez mais...

Capítulo 8

Sarah acordou na cama, com o som do despertador. A lua assustadora tinha ido embora para seu descanso diurno, como fazem os vampiros, e havia sido substituída pelo ardente sol da manhã.

Depois que Sarah jogou o travesseiro em cima do despertador, que caiu ao lado da cama, o único som que restava era o suave canto dos passarinhos que costumavam se reunir perto da janela do quarto dela.

Sarah deitou-se na cama, exausta e assustada. Será que tinha sido apenas um sonho? Agora que estava de volta ao mundo real, ou melhor, como diriam os fantasmas, ao "mundo dos vivos", ela tinha certeza de que tudo não passava de um sonho. Mas como ela poderia confirmar isso? Não, ela não precisava. Afinal de contas, o professor de Redação dela tinha dito que ela só escrevia bem porque tinha uma "imaginação extremamente fértil", e ele não estava fazendo um elogio.

– Não seja boba – ela disse para si mesma. – Desça para tomar café, antes que sua mãe diga que vai dar sua comida para o gato.

Esse discurso seria um pouco mais convincente se a família tivesse um gato mesmo. Mas essa era apenas uma das coisas que a mãe de Sarah gostava de dizer.

Outra era: "Espero que você não tenha quebrado mais um despertador! Por que você não desliga o alarme como as pessoas normais fazem?".

– Chegou bem na hora, mocinha – disse a mãe, terminando de lavar a louça que o marido havia deixado e arrumando a mesa para Sarah tomar café.

A garota correu para a sala e colocou na Rádio 1. As besteiras que Dorothy Ball, personagem do programa da rádio, dizia em suas tristes tentativas de parecer legal e descolada faziam Sarah chorar de rir.

"Está mais para chata e louca" – ela pensou. "Desista, Dorothy, você não tem mais 15 anos de idade. Sua hora de ser descolada já passou. Toque uma música maneira. Pelo amor de Deus, mulher!"

– Tocar uma música maneira? – repetiu a mãe da menina, espantada.

– Eu disse isso em voz alta? – riu Sarah, constrangida.

– Hummm. Em qual planeta você está, filha? – sorriu a mãe.

Assim que Sarah se sentou para comer o cereal, seu pai entrou correndo.

– Sarah – ele gritou, nervoso. – Sarah, sua avó Edith...

Com o coração na boca, Sarah não conseguiu se conter e interrompeu:

– Não me diga que ela teve um derrame!

O pai apenas olhou para ela, pasmo.

– Como você sabe? – ele perguntou.

– Ah... sei lá.

Sarah não queria complicar ainda mais a situação, que já estava bem complicada.

– Eu só... adivinhei, eu acho. Está tudo bem com ela, pai? – ela disse.

– Não tenho certeza. A senhora Abigail, que trabalha no correio, acabou de ligar para mim. Ela a encontrou no chão da cozinha. O doutor James está com ela agora.

– Oh, Kevin... – disse a mãe de Sarah.

Sarah percebeu que sua mãe queria que Kevin largasse tudo e levasse todos para o hospital

Raigmore, em Inverness, para onde levariam Edith, se é que ela já não estava lá. Mas Fiona não queria pressionar o marido à toa, pois sabia que ele estava passando por mudanças difíceis no trabalho. No entanto, Sarah sabia que sua mãe queria que Kevin tirasse alguns dias de folga.

Kevin estava na cozinha, conversando com o doutor James no celular. A ligação estava ruim, porque Balmaconnell ficava em uma região isolada. Era como conversar com alguém de outro mundo. Ainda assim, ele conseguiu entender que Edith tinha recuperado um pouco da consciência e que estava recebendo o melhor atendimento possível. Nos próximos dias, eles esclareceriam melhor a situação dela. Kevin disse que eles iriam para Inverness no fim de semana.

Para Sarah, isso era melhor do que nada.

Capítulo 9

O senhor Murray, dono do jornal onde Kevin trabalhava, limpou a garganta e disse:

– Eu trouxe todos vocês aqui para a sala de reuniões para falar sobre algumas mudanças.

O senhor Murray era um idoso que tinha fundado o jornal havia 50 anos. Todos o reconheciam por causa da peruca, mas ele nem imaginava que todos sabiam que aquilo era uma peruca. Perto dele, havia um homem pálido que ninguém conseguia reconhecer, porque ele estava sentado no escuro, perto de um grande armário de arquivos ao lado da janela.

– Senhor, antes de começarmos, precisamos conversar. É urgente – Kevin interrompeu. – Acho que vou precisar me afastar do trabalho por uns dias.

– Eu não tomo mais esse tipo de decisão, Kevin.

Todos os jornalistas que estavam ao redor da mesa ficaram espantados com a notícia.

– Essa é a mudança mais importante. Vendi o jornal para... rufem os tambores... o mundialmente famoso Fergus McPherson.

– Só pode ser brincadeira! – exclamou Kevin. – Ele é um tirano! E já é dono de quase todos os jornais deste país.

– E ele tem vários jornais nos Estados Unidos e na Austrália! – gritou outro jornalista.

Estava claro que todos tinham ficado chocados com a notícia de que o senhor Murray tinha vendido o jornal para Fergus McPherson. Fergus era um americano dono de quase todos os grandes jornais do mundo. Ele também era dono de muitas emissoras de TV e tinha a maior fama de desonesto. Os poucos jornais e emissoras de TV que não estavam sob seu domínio investigaram os negócios corruptos dele várias vezes, mas não encontraram provas suficientes para convencer a polícia a prendê-lo. Kevin até escreveu um artigo dizendo que Fergus subornava as forças policiais e os governos ao redor do mundo para que o deixassem em paz.

Por um momento, Kevin se esqueceu da situação da mãe. Ele se levantou e começou a gritar tudo o que sabia sobre Fergus McPherson.

– Ele é desonesto, corrupto, brutal e...

– E está sentado bem aqui, meu filho!

O homem pálido desconhecido saiu da sombra. Kevin percebeu que seu novo chefe, o terrível Fergus, tinha escutado cada uma das palavras terríveis dele.

– Você e eu teremos uma conversinha depois desta reunião. Vou sugerir algumas tarefas novas para você – disse Fergus com sotaque americano.

– E se eu não gostar dessas tarefas? – perguntou Kevin, desafiador.

– Você pode ir embora agora, se quiser – Fergus respondeu.

Sem palavras, Kevin se sentou. Nervoso, ele começou a pensar sobre a reunião com o novo chefe.

Capítulo 10

Sarah estava na cama esperando pacientemente o pai voltar do trabalho. Fiona já estava no quarto, mas Sarah sabia que a mãe também estava acordada, esperando o marido. As duas estavam ansiosas para saber se ele tinha conseguido alguns dias de folga, para poderem visitar a avó Edith. É claro que nenhuma delas sabia que ele havia acabado de ter um dia terrível.

Kevin chegou por volta da meia-noite, e Sarah ouviu tudo sobre as mudanças no trabalho dele. Ela entrou no quarto dos pais e disse em tom de provocação:

– Acho que isso significa que não podemos ir para Balmaconnell.

– É aí que você se engana. A única boa notícia que tive hoje é que a minha primeira tarefa, dada pelo meu novo chefe, será fundar um jornal das Highlands – corrigiu o pai.

– Que ótimo, pai! – Sarah respondeu.

– Não fique tão animada. Essa é a forma que ele encontrou de me punir: quer me tirar do caminho para eu ficar longe das tarefas importantes em Londres. Isso significa que nunca serei promovido, vou ficar esquecido no meio do nada.

– Você esqueceu que essa vai ser a oportunidade perfeita para vermos a vó Edith? – perguntou Sarah.

– Não. É claro que estou feliz por isso – ele disse.

Kevin ficou em silêncio por alguns instantes, meio distraído. De repente, continuou:

– Vou mostrar para ele! Vou voltar para as Highlands e vou fundar um jornal para ele. Vou publicar as melhores reportagens de todos os tempos! Vou mostrar para ele que sou o melhor jornalista que ele já conheceu. Esperem para ver!

Então, estava tudo certo: num primeiro momento, a família se mudaria para uma casa alugada em Inverness, e Kevin fundaria o jornal das Highlands para Fergus. Claro que a prioridade da família era o bem-estar de Edith. Ela ainda estava na UTI do hospital Raigmore, pois o quadro era instável, e ela perdia a consciência várias vezes.

Por causa disso, Edith não conseguia se comunicar com ninguém. Ela sabia que estava morrendo e também sabia que ainda não havia falado sobre a Memória Secreta para Sarah. A avó estava determinada a transmitir a mensagem. Quando a família visitou Edith pela primeira vez no hospital, Sarah teve a certeza de que a avó estava tentando dizer algo.

Capítulo 11

– Sua avó está dormindo, querida – disse a enfermeira. Mas Sarah sabia que, mesmo durante o sono, a avó Edith conseguia conversar com ela.

Naquela noite, quando Sarah foi para o quarto na casa alugada em que a família estava morando, ela se deitou de barriga para cima, com os braços e as pernas estendidos e relaxados. Ela pegou no sono muito rápido, então começou a seguir na direção do cemitério de Balmaconnell.

Mais uma vez, era tudo muito escuro e assustador. A lua cheia brilhava e fazia sombras (pelo menos, Sarah esperava que fossem apenas sombras) atrás das lápides. Havia um frio estranho no ar. Ela sabia que, mesmo no verão, estaria frio à noite, principalmente em Balmaconnell. Mas aquele não era um frio comum, era um frio paralisante. Deixava os pelos da nuca arrepiados. Um frio que fazia Sarah tremer e sentir calafrios. Seus dentes estavam batendo.

Sarah assoprou as mãos, tentando se aquecer um pouco, mas não adiantou nada. Na verdade, a respiração dela estava tão fria que produziu pequenos cristais de gelo em suas mãos! Ela pensou em tentar acordar, só para se sentir aquecida em sua cama, mas sabia que a avó Edith estava desesperada para falar com ela mais uma vez. Então, decidiu continuar.

– Vó, estou aqui – ela murmurou.

O som da voz delicada de Sarah no frio da noite quase não perturbou o silêncio.

Em seguida, outro som surgiu. Mas não era nenhum som emitido por Sarah. Ela tentou escutar para descobrir de onde ele estava vindo.

Crééééc.

Vinha da entrada da igreja. Uma fina faixa de luz brilhava através da soleira. Então, a luz começou a aumentar aos poucos, enquanto a enorme porta de madeira se abria devagar, fazendo um terrível rangido. Sarah ouvia vozes roucas desconhecidas que vinham de dentro da igreja.

De repente, ela quase ficou sufocada de nojo quando suas narinas foram atacadas por um cheiro horrível. Ela se lembrou dos fantasmas que havia conhecido na igreja, que tinham cheiro de cachorro molhado. Mas o cheiro deles parecia perfume, se comparado ao que ela estava sentindo. Sarah começou a passar mal. Ela tossiu alto. Com isso, as vozes na igreja se calaram. A porta da igreja se abriu, e ela escutou o barulho de passos, que vinham em sua direção.

Sarah teve um péssimo pressentimento sobre aquilo. Seria o reverendo MacGregor, Danny ou qualquer um dos fantasmas simpáticos que ela tinha conhecido no outro dia? Não, a voz deles não era assim. Os fantasmas falavam de maneira alegre e cheia de vida, bem, pelo menos tão cheia de vida quanto uma coisa morta pode ser.

No mesmo instante, Sarah se escondeu atrás de uma lápide. Ela desejou que a lua não estivesse tão brilhante. Mesmo apavorada, a garota desejava que estivesse mais escuro. Ela logo percebeu que não conseguiria se esconder direito com o luar tão brilhante.

Ela escutou os passos entrando no cemitério e tentou entender o que as vozes diziam. Ainda esperava algo praticamente impossível: reconhecer ali alguma voz amigável. Não foi o que aconteceu.

Sarah estava agachada em silêncio no escuro. Os passos começaram a vir em sua direção.

"Será que devo fugir antes de ser vista?" – ela pensou. "Não, fique aqui!"

Ela escutou os passos vindo exatamente na direção da lápide onde ela estava escondida. Em seguida, os passos pararam. A única certeza de Sarah era que ela tinha que ficar quieta como um fantasma. Senão, ela poderia acabar virando um. Mas não é fácil fazer silêncio com os dentes batendo, o corpo tremendo de frio e de medo e a respiração mais ofegante a cada minuto.

O cheiro horrível ficou pior ainda. Sarah tinha certeza de que vomitaria a qualquer momento. Então, ela escutou uma voz grossa horrorosa:

– Sei que ela está por perto. Estou sentindo o cheiro da bruxa MacDonnell.

"Bruxa MacDonnell? Eles devem estar falando da vó Edith" – Sarah pensou.

Foi então que Sarah viu de quem era a voz que ela tinha acabado de ouvir. Aquela voz horrível pertencia a uma criatura que parecia um fantasma corpulento e feio. Ele era feito de carne podre e tinha o rosto de caveira. O fantasma usava um *kilt* imundo coberto de sangue. A boca dele também estava cheia de sangue, e os dentes eram afiados, como presas de vampiro. Ele empunhava uma espada enorme, que reluzia sob o luar. Sarah só conseguia ver o fantasma de lado, por causa da posição dele. Então, em seguida, ele caminhou até a lápide em que ela estava escondida. De repente, ele se virou para encará-la.

Sarah levou um susto quando o fantasma bestial olhou diretamente para ela. Lá estava ela, presa diante de seu pior pesadelo. Nesse momento, outra criatura horrível apareceu ao lado da primeira, e começou a encarar a garota também.

Ela tentou gritar, mas não saiu nenhum som da sua boca. Tentou de novo, e só o que saiu foi um suspiro fraco, porém alto o suficiente para os fantasmas horrorosos escutarem.

– Quem está aí? – eles perguntaram.

Sarah quase implorou por misericórdia, mas logo pensou na pergunta que os fantasmas tinham acabado de fazer.

– Eu perguntei: quem está aí? – insistiu o primeiro fantasma, perdendo a paciência.

Sarah ficou intrigada. Por que eles fariam essa pergunta? Eles estavam olhando diretamente para ela! Então, ela percebeu que, na verdade, eles estavam olhando através dela. A única explicação para isso era que eles não conseguiam vê-la.

Os dois fantasmas começaram a agitar as espadas na frente de Sarah. Ela sentiu as espadas passando através dela, mas não sentia dor. Na verdade, sentia cócegas! Desta vez, o barulho que Sarah tentava abafar era uma risada. As espadas faziam cócegas! No começo, ela riu, mas depois se esforçou para controlar os risos, porque os fantasmas não conseguiam vê-la, mas com certeza podiam ouvi-la. As risadinhas os deixavam cada vez mais furiosos. Eles balançavam as espadas com toda força, mas o único ferimento que eles causavam na garota foi quase fazê-la engasgar de tanto rir.

Acredite, esse não é o tipo de coisa que enche fantasmas de orgulho. Agora que Sarah sabia que eles não poderiam machucá-la, ela criou coragem para provocá-los.

– Bu! – ela gritou no ouvido de um dos fantasmas, que ficaram loucos de raiva.

Isso continuou por um tempo, até que alguns fantasmas saíram da igreja e disseram para os dois voltarem para dentro. Os que apareceram não acreditaram que havia mais alguém no cemitério e acharam que os dois tinham enlouquecido.

Sarah viu que os dois voltavam relutantes para a igreja e se perguntou se não deveria segui-los para ver o que estava acontecendo. Sua intuição lhe dizia que ela devia correr como um raio para longe dali. Mas a garota não conseguiu ouvir a intuição, por causa dos dentes batendo. Então, caro leitor, como você já deve ter adivinhado, ela decidiu dar uma olhada lá dentro.

Mas, na verdade, Sarah não tinha muita opção. Quando se levantou, ela escutou alguém limpar a garganta, bem atrás dela. Ela se virou e ficou um pouco nervosa ao se deparar com um homem pálido muito bem-vestido.

– Muito esperta, mocinha. Muito esperta mesmo – resmungou o homem pálido. – Suponho que você seja a bruxa aprendiz de Edith MacDonnell. Esqueci de me apresentar: sou Ronald McPherson.

Capítulo 12

– McPherson? Onde foi mesmo que ouvi esse nome? – perguntou Sarah, tentando disfarçar o medo.

– Do meu neto, Fergus. Ele é o novo chefe do seu pai. Do jeito que meu neto é estúpido, ele deve ter dado um jeito de acumular muito poder no mundo dos vivos, não é?

– Parece que sim – respondeu Sarah.

– E o curioso é que o sabichão acha que tudo o que ele conquistou foi graças à sua esperteza. Ele esqueceu que eu e outros antepassados dele estávamos por trás das conquistas dele. Se ele tivesse cérebro, já teria percebido que é estúpido demais para conquistar qualquer coisa sem a nossa ajuda, apesar de seus esforços para ignorar nossa existência.

– Mas por que você está me contando isso? – Sarah perguntou.

– Porque você é única, Sarah. Você é uma das poucas pessoas sintonizadas tanto com o mundo espiritual quanto com o mundo dos vivos. E tem grande poder nos dois mundos. Eu, por outro lado, tive uma vida cheia de crueldade e fiz coisas ruins de todo tipo, por isso não tenho poderes suficientes. Acontece que os fantasmas maus não duram muito tempo. Nós desaparecemos depois de algumas gerações, e desaparecemos ainda mais rápido quando tentamos influenciar os acontecimentos no mundo dos vivos. E, como eu disse, já gastamos muita energia influenciando o Fergus. Ele não é nada comparado a você! Se ele percebesse que estamos por trás do sucesso dele, ele poderia se abrir conosco e faríamos ainda mais por ele. Mas aquele tonto não acredita em fantasmas, e isso significa que eu e os outros poucos fantasmas McPherson que ainda restam estamos ficando sem tempo. Fergus é a nossa última esperança.

– Parece que estamos de lados opostos – disse Sarah. – Então, por que você está me dizendo isso?

– Porque eu preferia que não houvesse nenhuma rivalidade entre nós. Você seria bem mais útil para nós do que aquele infeliz do Fergus. Sabe, a minha meta é recuperar o Cálice de Ouro.

– Cálice de Ouro? – Sarah interrompeu.

Ronald McPherson olhou para ela, incrédulo.

– Quer dizer que sua avó ainda não lhe contou nada sobre isso? – ele perguntou.

– Não faço a mínima ideia do que você está falando – respondeu Sarah.

Ronald McPherson olhou para as estrelas no céu noturno. No começo, Sarah não o havia identificado como um fantasma, mas ela percebeu que ele aparecia e desaparecia várias vezes, como uma lâmpada prestes a queimar. Ele ainda estava parado, olhando para o céu.

– Ops! Acho que me antecipei um pouco. Bem, agora é melhor eu explicar tudo – ele disse.

Sarah continuava um pouco nervosa sabendo que os horríveis fantasmas de carne podre ainda estavam dentro da igreja fazendo muito barulho. Ronald estava lendo todos os pensamentos da garota.

– Não se preocupe com eles – ele disse, apontando para a igreja. – Eles estão do meu lado. Que sorte a minha, não é? – Ronald acrescentou, em tom de sarcasmo.

– Eu vou lhe contar isso porque quero que você trabalhe para mim – ele continuou. – O Cálice de Ouro possui poderes secretos e, há muitos e muitos anos, pertencia ao meu clã. Alguns antepassados meus pensaram que seria uma boa ideia abusar dos poderes do Cálice. Parece que a estupidez domina esse clã! Sabe, Sarah, o Cálice de Ouro guarda feitiços que chamamos de Memória Secreta, que só podem ser vistos por algumas bruxas especiais. Essa Memória Secreta é uma espécie de plano de batalha que mostra como derrotar os inimigos. É por isso que a bruxa do clã, ou, como sua avó dizia, a "druidesa", é tão importante. O Cálice de Ouro foi... programado, por assim dizer, para jamais permitir que outros clãs usassem esses poderes. A bruxa do nosso clã naquela época, que era tão inútil quanto o Fergus, lançou um feitiço sobre o Cálice para que ele fizesse mal ao clã de vocês. Resumindo, o Cálice protege seus proprietários apenas enquanto eles usarem os poderes para o bem. Na verdade, se alguém tentar usar os poderes contra outro clã, o Cálice deixará de servir a essa pessoa e será útil apenas ao clã que foi prejudicado. Em outras palavras, ele se vira contra a pessoa. Um observador imparcial (coisa que eu não sou) provavelmente acharia isso justo.

– E com quem está esse tal de Cálice de Ouro agora? – perguntou Sarah.

– Eu achei que você tivesse essa resposta, mocinha. Mas já percebi que você não tem. Ainda assim, não consigo pensar em mais ninguém que possa me ajudar a encontrar o Cálice. Quer dizer, ninguém, exceto você. Quando encontrá-lo, você vai devolvê-lo para mim. Nós temos grandes planos para ele!

A cabeça de Sarah estava girando com tanta informação. Ela não sabia o que fazer. Só sabia que Ronald e Fergus, do clã McPherson, eram inimigos de seu clã. Também tinha entendido que estava sendo convidada a trair o próprio clã, algo que ela não faria de jeito nenhum. Mas ficou curiosa a respeito do Cálice de Ouro. Aliás, ela tinha certeza de que, no outro dia, sua avó estava tentando lhe contar alguma coisa sobre esse Cálice de Ouro. E lá estava ela, no cemitério de Balmaconnell, na calada da noite, diante de um inimigo declarado de seu clã. Mesmo assim, ela não estava nem um pouco assustada. Muito pelo contrário, estava determinada a descobrir tudo o que pudesse, para mais tarde encontrar a avó na esperança de entender de vez esse mistério.

– Então, quais são os seus "grandes planos"? – Sarah prosseguiu.

– Não me subestime, mocinha, não sou idiota. Sei que você acha que pode me enganar, para eu lhe passar todas as informações para você contar à sua avó. Não se esqueça de que, embora eu seja um fantasma prestes a desaparecer, em alguns momentos eu consigo ler sua mente. Mesmo assim, vou contar os nossos planos para você, pois sei que posso convencê-la de que os dois clãs vão se beneficiar com isso. Como você sabe, os poucos fantasmas restantes do meu clã estão desaparecendo rapidamente, e a única maneira de impedir nosso desaparecimento é lançando nossos feitiços no Cálice de Ouro. Assim, poderemos desfazer a maldição que o Cálice lançou sobre nós há muito tempo, quando tentamos usar poderes contra o seu clã. Além disso, teremos acesso ao conhecimento da Memória Secreta. Assim, nossos inimigos saberão o que é sofrer tudo o que já sofremos.

– Mas pensei que o Cálice de Ouro não pudesse mais ajudar vocês, já que fizeram mau uso dele – Sarah retrucou, confusa.

– É isso mesmo. Mas existe uma maneira de quebrar esse feitiço – respondeu Ronald.

– Qual?

– Bem, nesse caso eu teria que contar o plano, não é?

– E que vantagem esse plano traria ao meu clã? – Sarah perguntou.

– Os McPherson estão prestes a dominar o mundo dos vivos. Fergus, apesar de ser o habitante mais estúpido do mundo dos vivos, é dono de todos os jornais e emissoras de TV mais importantes. Por meio dele, conseguimos controlar as notícias e transmissões da imprensa. Logo, quando tivermos o controle de toda a mídia, poderemos inventar notícias de acordo com os nossos interesses! Poderemos incentivar as pessoas a fazerem revoluções e até convencê-las de que Fergus é o homem mais indicado para governar todo o mundo. Seria uma proeza e tanto! Imagine só: o presidente do mundo, controlado pelos fantasmas McPherson! Sarah, é claro que pouparemos o seu clã do sofrimento dos nossos outros inimigos. Mas só se você nos ajudar a encontrar o Cálice de Ouro. Além disso, vou precisar da sua ajuda para decifrar o código que protege a Memória Secreta.

– Parece um ótimo plano para dominar o mundo, se é o que você quer, eu acho – disse Sarah, olhando ainda nervosa para a porta da igreja.

– Sim. É um ótimo plano. Exceto por um problema: se nós, fantasmas, continuarmos desaparecendo, não poderemos aproveitar os frutos do nosso trabalho. A primeira coisa boa que vai acontecer quando recuperarmos o Cálice será reconquistarmos o vigor da nossa existência como fantasmas. Além disso, todos os fantasmas dos nossos ancestrais desaparecidos voltariam à vida. Aliás, não voltariam à vida, mas "viveriam" da melhor maneira possível como fantasmas.

Capítulo 13

Sarah fingiu que estava disposta a aceitar a oferta de Ronald, mas ele leu a mente dela e disse:

– Acho que seria mais útil se você percebesse que estou falando sério.

Então, Ronald McPherson gritou em direção à porta da igreja:

– Angus! Hamish! Saiam daí, venham ver uma coisa!

– Já entendi – Sarah o interrompeu. – Você está falando sério. Entendi a mensagem e acho que consigo adivinhar quem são Angus e Hamish. São aqueles dois belos rapazes que tentaram me acertar com espadas agora há pouco. Mas, espere um pouco... Eles não conseguem me ver, certo?

– Não tenha tanta certeza disso. Como você já deve ter deduzido, eles são fantasmas que estão desaparecendo um pouco mais rápido que eu. Sou mais forte do que eles. Você só será invisível para eles enquanto eu não tocar na sua cabeça – ele estendeu a mão e, rápido como um raio, bateu na testa dela e sorriu, acrescentando: – Desse jeito!

No mesmo instante, Angus e Hamish apareceram e logo olharam para Sarah. Felizmente, os dois eram um pouco bobos e já tinham se esquecido do episódio das espadas, ocorrido minutos antes. Mesmo assim, eles não conseguiriam ser simpáticos com uma bruxa MacDonnell, que eles podiam reconhecer pelo cheiro.

De repente, antes que Sarah pudesse reagir, os fantasmas a agarraram e a arrastaram para dentro da igreja. Na última vez que tinha entrado lá, Sarah tinha se sentido entre amigos. Mas, dessa vez, ela sabia que estava longe de estar a salvo. Os bancos antes ocupados por Christian, Carlos e os outros agora estavam tomados por fantasmas com cheiro de carne podre. Muitos eram como Angus e Hamish, outros conseguiam ter um cheiro pior. Vários deles estavam lutando, rasgando as carnes podres uns dos outros, arrancando grandes pedaços. Um deles passou carregando duas cabeças embaixo dos braços, mas não eram dele. Ele estava sem a própria cabeça, mas de alguma forma ainda conseguia soltar aquela gargalhada horripilante que fantasmas mal-intencionados costumam ter. Os dois escoltaram Sarah até o púlpito e ordenaram que ela se sentasse. Ronald McPherson ergueu as mãos, e o silêncio foi instantâneo, exceto pelo som de uma fantasmagórica rajada de vento.

– Esta é a visitante que vai nos ajudar a encontrar o Cálice de Ouro – anunciou Ronald. – Pelo menos, acho que ela vai. Na verdade, por que não damos um incentivo para que ela nos ajude? Digam, colegas, o que acontece com os mortais que não nos ajudam?

Nesse momento, fantasmas horrorosos começaram a correr em direção ao púlpito. Sarah ainda não tinha olhado nos olhos deles, e aquele não parecia o momento mais adequado para isso. Então, ela juntou toda a sua coragem e gritou bem alto:

– Vó!!!

Os fantasmas já estavam subindo no púlpito quando, de repente, Sarah desmaiou de medo.

Capítulo 14

– Consegui! Consegui!

Sarah podia ouvir os gritos animados do pai, que estava no andar de baixo. Ela ficou muito surpresa por estar totalmente coberta em sua aconchegante cama nova, na casa alugada pela família em Inverness, sem nenhum dos fantasmas podres do McPherson por perto. Ela conseguiu fingir para si mesma que tudo tinha sido um sonho. Saltou da cama e foi correndo ver o que era aquela gritaria toda.

– Conseguiu o quê? – Fiona queria saber, enquanto as duas desciam as escadas juntas.

– Sim, por que tanto barulho? – perguntou a menina.

– Consegui o furo do século! Sabe o que é um furo, Sarah? – perguntou Kevin.

– Eu só sei que você não parou de falar nisso desde que chegamos. Mas saber exatamente do que se trata, não sei – Sarah respondeu.

– Furo é a palavra que usamos quando um repórter descobre uma grande história antes de qualquer outra pessoa. Esperem só até ouvirem isso! A senhora Abigail me deu uma velha taça de ouro que minha mãe estava segurando quando teve o AVC e ainda me disse que existem várias lendas ligadas a essa taça e que eu deveria tomar conta dela, caso ela não se recupere.

Sarah engasgou. A mãe e o pai olharam para ela.

– Você está com o Cálice de Ouro! – Sarah exclamou.

O pai olhou para a mãe e se virou para Sarah de novo.

– Quer dizer que você tem informações sobre essa coisa velha? – Kevin disse, tirando a taça de uma sacola de supermercado.

– Pai! – Sarah berrou. – Você tem que tomar muito cuidado com isso! O futuro do clã depende dele!

Kevin riu bem alto.

– Sarah, não se prenda a essas coisas que você e sua avó ficam conversando. Isso é superstição. Todas essas lendas são apenas histórias.

– Pai, você precisa mantê-lo em um lugar seguro até que a vó Edith melhore. Sabe, o Cálice de Ouro guarda a Memória Secreta. Você deve saber disso. Sei que você nunca acreditou nisso, mas a vó tentou contar isso para você há muitos anos. Você deve se lembrar de algo, não é?

– Sarah, eu só lembro que minha mãe me contava sobre essas coisas e eu ria porque não levava nada a sério. Mas o fato de você saber essas coisas não me surpreende nem um pouco. Você sempre teve a cabeça nas nuvens. É claro que conheço essas lendas, mas só pessoas supersticiosas acreditam nesses absurdos. Então, vamos deixar uma coisa bem clara, mocinha, eu vou manter esse Cálice de Ouro seguro. E vou explicar o porquê: esse pequeno cálice, com ou sem a Memória Secreta, contém a minha fortuna.

– O que você quer dizer com isso, querido? – perguntou Fiona.

– Bem, o meu novo chefe, Fergus McPherson, vai ter que me promover quando descobrir que encontrei o Cálice de Ouro do saber – ele respondeu. – Esse é exatamente o tipo de coisa brega que vai deixá-lo orgulhoso. É bem possível que ele diga que foi ele mesmo o responsável por encontrar o cálice e trazer à tona todos os seus segredos. E esse é o melhor artigo que eu poderia ter, especialmente agora que vamos lançar o jornal das Highlands no mês que vem. Uau! Quanto mais penso nisso, mais tenho certeza de que me tornarei um dos favoritos dele!

– Kevin, você acha mesmo que sua mãe concordaria com isso? Eu sinceramente acho que ela não aprovaria – disse Fiona, um pouco preocupada.

– Ela não aprovaria! – gritou Sarah, incapaz de acreditar que seu próprio pai ameaçaria a sobrevivência de seu clã. – Não aprovaria mesmo! A vó Edith vai surtar completamente. Como você pode fazer isso?

Kevin percebeu que a filha tinha uma opinião muito forte a respeito do assunto, mas nada o faria mudar de ideia.

– Sarah, veja bem – ele disse, tentando confortá-la. – Você e a vovó sempre falam que eu deveria fazer o que é melhor para o nosso clã, certo? Então, é exatamente isso que estou fazendo, só que do meu jeito. Pense em todo o dinheiro que vamos ter quando o meu novo chefe me recompensar por esse furo para o novo jornal. Aposto que ele também vai me dar um aumento de salário e me promover. Assim, teremos dinheiro para fazer o que quisermos, e ainda vou doar uma parte desse dinheiro para o fundo de herança do clã.

– Para quê? – Sarah retrucou, desanimada. – Não haverá mais nenhum clã para se beneficiar disso!

Em seguida, ela foi correndo para o quarto, sentindo-se péssima.

– Não se preocupe, ela vai mudar de ideia. Um dia, ela vai entender – disse Kevin para a esposa, cada vez mais cética a respeito da situação.

Capítulo 15

Sarah estava sozinha no quarto, deitada na cama, quando ela teve certeza de que ouviu a avó Edith sussurrando suavemente:

– Calma, Sarah, você precisa se acalmar. Dê uma olhada no espelho.

Aliviada por ter ouvido aquela voz novamente, Sarah foi correndo para a frente do espelho, sem saber ao certo o que veria. Ela viu a própria imagem e reparou que estava brilhando! Seu rosto foi mudando de forma e, em seguida, ela percebeu que estava envelhecendo muito depressa! Ficou espantada ao ver seu rosto enrugado e seu cabelo grisalho. Não era bem isso que ela esperava. Ela tinha imaginado que veria a avó no espelho, trazendo boas notícias para acalmar os temores da neta. Em vez disso, ela estava ficando tão velha que parecia que estava prestes a morrer! Uma hora, no entanto, percebeu que seu rosto estava ficando idêntico ao da avó. Tomada pela curiosidade, Sarah se olhou num espelho de mão que estava sobre a penteadeira e viu que seu rosto não tinha mudado. Ela só conseguia ver a avó no espelho grande da penteadeira.

Então, a avó explicou com detalhes para Sarah tudo o que estava acontecendo e disse para a neta não se preocupar. Sarah só precisava encontrar o Cálice de Ouro, que o pai tinha escondido.

– E o que eu faço depois, vó? Onde posso escondê-lo em segurança?

– É tarde demais para isso. Primeiro, você precisa se certificar de que vai encontrar a Memória Secreta escondida no Cálice de Ouro. Depois, você precisa interpretar o plano de batalha do clã, que está guardado na Memória Secreta. Precisamos encontrar um novo lugar para nossas conversas em sonho, já que os McPherson tomaram conta da igreja de Balmaconnell. Eles estão muito enfraquecidos, mas, com um simples toque, ainda podem transmitir a doença dos fantasmas apodrecidos. Se um deles nos tocar, vamos perder os poderes e apodrecer como eles.

– Então, aqueles fantasmas horríveis não eram só um pesadelo?

– Não, minha filha, eles são bem reais. Se derem um jeito de controlar o mundo, eles vão enganar as pessoas dizendo que elas só conseguirão viver bem se fizerem qualquer coisa por dinheiro. Mas nós duas sabemos que isso não é viver de verdade. Sabemos que, quando as pessoas começam a pensar assim, elas já estão morrendo de várias formas. Sabe, Sarah, os fantasmas McPherson não têm alma, eles são fracos. É por isso que eles desaparecem rápido, em 100 anos ou mais. É por isso que apodrecem daquele jeito horrível.

– Vó, então você está dizendo que, quando fazemos qualquer coisa em troca de dinheiro, os fantasmas McPherson ficam mais fortes?

– Exatamente. Toda vez que alguém no mundo dos vivos se sujeita a coisas absurdas por dinheiro ou por qualquer outro lucro egoísta, um fantasma McPherson se fortalece. Felizmente, esse não é um jeito muito rápido de salvar todos eles, mas se alguém for persuadido pelos McPherson a lhes entregar o Cálice de Ouro e todos os segredos que ele contém, todos os fantasmas McPherson voltarão.

– Mas, vó, achei que o Cálice de Ouro jamais serviria aos McPherson de novo – confrontou Sarah.

– Isso é verdade, Sarah – disse a avó. – Mas existe um jeito de enganar o Cálice de Ouro. Se um deles usar o Cálice para beber o sangue de alguém do nosso clã, o Cálice vai achar que a linhagem do nosso clã acabou e voltará a servir à linhagem do Ronald McPherson. Nem todos os McPherson são malvados, parte da linhagem deles é do bem. Então, encontre o Cálice de Ouro logo, Sarah. Faremos o possível para ajudar você, mas agora os poderes do nosso clã também estão enfraquecidos, porque o Cálice não está nas mãos da bruxa do clã, a guardiã dele por direito.

Sarah ainda estava confusa.

– Mas, vó, não é só você me contar o plano de batalha que está na Memória Secreta? Você deve saber.

– É que só posso contar para uma bruxa qualificada do clã – explicou Edith. – Não posso contar para você agora, você ainda não está pronta para receber as informações e não as entenderia. Como você sabe, só se recebe a sabedoria da Memória Secreta aos 25 anos de idade. Estou preparando um feitiço para avançar a sua idade, mas, enquanto não termino, você vai ter que decifrar o código sozinha. Entretanto, nada disso vai importar se você não encontrar o Cálice.

– Ah, mais uma coisa – a avó continuou. – Nós, celtas, temos a tradição de nunca registrar coisas muito importantes por escrito. Isso porque tememos que alguém quebre os feitiços que nos protegem. Mas eu fiz algo muito arriscado. Eu escrevi a Memória Secreta num pergaminho sagrado. Infelizmente, você não conseguirá lê-lo antes de completar 25 anos, a menos que eu consiga fazer o feitiço de envelhecimento. Coloquei o pergaminho dentro do Cálice de Ouro, mas não tive tempo de guardá-lo num lugar seguro, porque fiquei doente. A senhora Abigail achou que estava fazendo a coisa certa ao entregar o Cálice para o Kevin, pois ela pensou que ele tinha herdado a minha responsabilidade de bruxa, feiticeira, druidesa ou como você preferir me chamar. Ela não sabia que, fazendo isso, ia deixar o Cálice mais acessível para os nossos inimigos.

– Mas agora que você escreveu, a pessoa que ler ficará sabendo do segredo? – perguntou Sarah.

– Isso só vale para quem estiver aberto para o mundo espiritual. Felizmente, esse não é o caso do meu filho nem do Fergus McPherson – respondeu a avó. – Não fará sentido para nenhum deles, a não ser que o fantasma do avô de Fergus consiga entrar em contato com o neto de alguma forma. Eles não sabem nada sobre o Cálice, mas se eles o mostrarem para uma pessoa aberta ao mundo espiritual, nosso segredo será descoberto. E se milhões de pessoas abertas aos espíritos descobrirem os segredos, depois disso, qualquer um no mundo será capaz de entendê-los. Eu não acho que milhões de pessoas saibam dessas coisas, então não se preocupe muito com isso. Além disso, escrevi o segredo com uma tinta enfeitiçada, o que significa que ele só estará visível por uma semana. Meu lado fantasma está cansado, preciso de repouso.

E, com isso, Sarah viu o rosto da avó se tornar cada vez mais jovem. Em seguida, o espelho voltou a mostrar o rosto da garota. Ela se sentia diferente, como se estivesse mais forte, de um jeito que ela não sabia explicar.

Sarah tinha menos de uma semana para encontrar o pergaminho em que a avó tinha escrito a Memória Secreta, antes que a tinta desaparecesse. Ela tentou calcular a data e lembrou que, como a avó tinha escrito o segredo antes de ficar doente, a tinta desapareceria lá pelas cinco horas da tarde do dia seguinte. Era um prazo muito apertado! Sarah achou melhor tentar pegar o Cálice de Ouro naquela mesma noite, para tentar ler a Memória Secreta escrita no pergaminho.

Ela esperou até tarde da noite e engatinhou até o quarto dos pais, que estavam dormindo profundamente. Como tinham acabado de se mudar para a casa alugada, o quarto ainda não tinha cortina, e a lua brilhava no rosto deles enquanto dormiam. Havia algo brilhando bem embaixo do queixo do pai. Quando Sarah chegou mais perto, viu que era o Cálice de Ouro.

"Droga!" – ela pensou. "Não vou conseguir pegá-lo até amanhã!"

Na manhã seguinte, Sarah foi para o andar de baixo e resolveu tentar mais uma vez fazer os pais entenderem o que estava acontecendo. Eles estavam guardando algumas coisas nas gavetas da cozinha. Ela começou a lhes contar tudo sobre os sonhos, que não eram apenas sonhos, e sobre o fantasma de Ronald McPherson e o perigo que o futuro do clã corria. Mas, por mais que a filha tentasse explicar, Kevin não acreditava em nada.

– Existe algum jeito de você acreditar em mim, pai? – Sarah perguntou.

– Não! – respondeu o pai. – Agora, se você me der licença, preciso sair. Tenho que encontrar uma pessoa.

– Quem? – Perguntou Sarah.

– Vou me encontrar com... Não... Acho que você não precisa saber disso agora, mocinha.

Ao perceber a hesitação do pai, Sarah logo adivinhou que ele levaria o Cálice de Ouro consigo. O pai saiu sem se despedir. Ela olhou para a mãe, tentando mostrar como estava aborrecida com a situação.

A mãe mordeu a isca e disse:

– Ele foi se encontrar com o chefe no aeroporto. Pelo jeito, esse senhor está muito animado com o furo de reportagem que seu pai conseguiu.

– Aposto que sim! – disse Sarah, com desprezo.

A menina sabia que teria que ser esperta. Esperou até a mãe ir para o andar de cima e, fazendo o mínimo de barulho possível, ligou para a empresa de táxi que prestava serviços para Kevin. Ela sabia de cor o número do cadastro do pai, que usava esse serviço o tempo todo desde que eles haviam se mudado para Inverness.

– Preciso de um táxi para o aeroporto. É urgente! – Sarah falou.

Capítulo 16

Sarah adivinhou que o avião de Fergus sairia do aeroporto de Heathrow, em Londres, assim como o avião da família dela tinha feito quando haviam se mudado para Inverness, na semana anterior. O aeroporto de Inverness era pequeno, então não seria difícil encontrar o pai. Entretanto, Sarah sabia que o pai também poderia encontrá-la facilmente. Enquanto andava furtivamente pelo aeroporto, a menina recebeu alguns olhares estranhos de pessoas que passavam por lá.

Um carregador, que levava algumas malas, olhou para ela intrigado. Ele sorriu e disse:

– Você parece muito suspeita, garotinha! Precisa aprender a ser discreta, como se fosse parte do cenário. Assim, você vai chamar a atenção de todos.

Sarah imediatamente se sentiu confortável na presença daquele estranho, que sabia que ela estava tramando algo.

– É a primeira vez que entro numa aventura assim – ela confessou. – Acho que preciso de mais prática.

– Veja como eu faço – disse o carregador, enquanto caminhava, quase sem mover os lábios ao falar.

– Como você consegue? – perguntou Sarah, um pouco surpresa.

– Pois é, Sarah, também estou numa aventura!

– É mesmo?

– Isso aí. Sabe, pequenas aventuras acontecem ao nosso redor o tempo todo. Nunca se sabe se alguém está se aventurando ou não.

Sarah continuou a caminhar com aquele simpático carregador por toda a área de desembarque do aeroporto.

– E em que aventura você está? – ela perguntou.

Ele olhou para ela sorrindo e disse:

– Na mesma que você, é claro!

Sarah parou de repente e olhou diretamente no rosto dele. Ele tentou explicar.

– O meu papel nessa aventura é fazer você parecer menos suspeita, para ajudá-la a se disfarçar melhor. Se eu não tivesse feito isso, com certeza aqueles dois caras ali já teriam visto você.

Ele apontou para o pai de Sarah e Fergus.

– Mas como parecia que você estava comigo, seu pai e o chefe dele passaram direto por nós sem reconhecer você!

– Ei, eu conheço a sua voz de algum lugar... – disse Sarah.

Então, o carregador começou a ficar transparente bem na frente dela.

– Sim. Sou Danny, o druida, só que estou mais bem-vestido do que da última vez em que nos encontramos. Não que isso seja difícil. Quanto mais tempo o Cálice de Ouro permanece nas mãos erradas, mais fracos nós ficamos. E, sem ofensa, nesse momento o seu pai é definitivamente a pessoa errada. Alguns de nós apareceremos rapidamente para você, para dar uma ajudinha. Mas tenha cuidado. Se o chefe do seu pai pegar o Cálice, os fantasmas McPherson vão ganhar força suficiente para aparecerem para você também. E eles não estão com a mínima vontade de ajudar você. Fique bem atenta. Boa sorte!

Então, ele simplesmente desapareceu.

Depois de encontrar Danny, Sarah teve a sensação de que parte da habilidade de se misturar que o fantasma tinha havia passado para ela. Então, ela se sentiu mais confiante para seguir o pai e o chefe dele.

"Aonde será que eles foram?" – ela pensou.

– Eles estão na lanchonete, Sarah – foram as exatas palavras de um homem que falava ao celular quando passou por ela.

"Obrigada" – ela pensou, em silêncio.

– De nada! – disse o locutor do aeroporto, para o espanto de quase todos que estavam no local.

Sarah logo encontrou a lanchonete do aeroporto e foi se esgueirando por trás das mesas, para não ser vista. Sentiu alguém tocar em seu ombro. Ela se virou, esperando ver um fantasma McPherson. Mas o que viu foi uma garçonete de uniforme, segurando uma vassoura.

– Você está atrasada para o trabalho, mocinha! Pegue isto e trate logo de varrer o chão.

Sarah olhou para as próprias roupas. De repente, percebeu que estava usando um uniforme de faxineira! Ela usava até uma daquelas toucas brancas de auxiliar de limpeza. Ela abaixou a touca o máximo que pôde para cobrir o rosto e não parecer mais suspeita do que já se sentia. Então, ela começou a varrer a área onde seu pai e Fergus estavam. Ela conseguia ouvir toda a conversa, mas, assim que percebeu o que Fergus dizia, desejou não ter escutado nada.

– Kevin, não sei como dizer isso, mas esse Cálice de Ouro que você acabou de me entregar vai dar com certeza um grande furo. É exatamente disso que precisamos para fazer o jornal decolar.

Quando você me telefonou contando sobre o Cálice de Ouro e a Memória Secreta, eu simplesmente não conseguia acreditar em tamanha coincidência.

– Mas que coincidência? – perguntou o pai de Sarah.

– Bem, acho que você vai questionar a minha sanidade se eu lhe contar – disse Fergus, sem saber que o único questionamento que Kevin tinha sobre a própria sanidade era se ela existia. Fergus continuou:

– Mas acho que tenho que contar, porque vou precisar da sua ajuda.

– Então, qual é essa coincidência de que você está falando?

– Bem, por mais estranho que pareça, nessas últimas semanas tenho tido sonhos estranhos. Pelo menos, eu achava que eram sonhos até você me ligar ontem à noite. Alguns desses sonhos têm sido sobre um Cálice de Ouro e uma Memória Secreta. Kevin, sou um cara bem cético. Geralmente não acredito nessas baboseiras de abracadabra. Sei que a minha carreira e os meus negócios têm sido abençoados por uma imensa sorte, e pelo meu próprio talento, é claro, mas não consegui deixar de pensar que esses sonhos e o seu telefonema falando do Cálice estivessem relacionados.

– E o que acontece nos sonhos? – perguntou Kevin, interessado.

– É aí que começa a loucura – respondeu Fergus, que tinha começado a parecer louco para Kevin no minuto em que falou dos sonhos. – Eu fiquei tão interessado na sua ligação que fui a uma vidente. Sabe, alguém que pode ver espíritos e coisa e tal?

– Sei o que é uma vidente, Fergus.

– Certo. Então, adivinhe o que ela viu assim que cheguei. Ela viu, ou pelo menos disse que viu, um Cálice de Ouro que contém uma Memória Secreta. Em seguida, ela me disse que estava falando com Ronald McPherson, meu avô. Enfim, ela disse que esse Cálice tem muitos segredos e que eu deveria encontrá-lo a qualquer custo. É claro que eu não falei para ela que tinha acabado de receber uma ligação do meu jornalista favorito me dizendo que ele tinha encontrado o Cálice. Como sou um grande homem de negócios, sempre percebo o que está realmente acontecendo. Sempre reconheço uma oportunidade de ganhar dinheiro. Com esse nosso furo, não só vamos fazer o jornal decolar logo de cara como também vamos publicar essa tal Memória Secreta em todos os meus jornais. Nós podemos até transmiti-la em todas as minhas emissoras de TV. Imagine só! O mundo todo vai ficar grudado nos meus jornais e nos meus canais por semanas. Vamos vender os segredos antigos dos celtas. De uma vez por todas, vamos ter provas concretas de que fantasmas existem. Pense em como as pessoas vão ficar ansiosas para aprender tudo sobre a magia, o sobrenatural, o inexplicável. Vamos encontrar o significado da vida! Se esse não é um belo jeito de ganhar dinheiro, eu não sei mais o que é!

Nesse momento, Fergus enfiou a mão na sacola de supermercado em que Kevin ainda guardava o Cálice de Ouro. Sarah se sentiu mal no minuto em que Fergus tocou o Cálice, e agora sabia que seu clã estava em grande perigo. Mas ela estava certa de que Fergus não conseguiria ler a Memória Secreta que estava dentro do Cálice. Então, lembrou-se da avó dizendo com todas as letras: "a não ser que o fantasma do avô de Fergus consiga entrar em contato com o neto de alguma forma!".

Sarah continuou varrendo o chão perto da mesa em que seu pai e Fergus tomavam café. Agora ela ouvia a conversa em busca de pistas. Precisava saber se Ronald tinha feito contato com o neto. Fergus não parecia entender a situação corretamente, então era possível que ele deixasse escapar alguma coisa.

Nesse momento, era Fergus quem segurava o Cálice de Ouro nas mãos. Depois de ouvir os sonhos de Fergus, Kevin logo se lembrou das histórias de Sarah sobre o Cálice, dos sonhos dela com os fantasmas de Ronald McPherson e tudo mais. Ele começou a perceber que havia alguma coisa no Cálice. Agora, ele desejava ter escutado a filha antes, mas era tarde demais para isso. Olhou por cima do ombro em busca de uma garçonete, para pagar o café.

Como Sarah ainda não tinha conseguido dominar a arte de se misturar ao ambiente, seu pai a viu imediatamente. Ela prendeu a respiração, sem saber o que aconteceria em seguida. Mas o pai, como Sarah percebeu naquele momento, não era tão bobo quanto ela pensava, pois, embora tivesse reconhecido a filha, ele manteve a boca fechada e apenas olhou de volta para Fergus, planejando distraí-lo para que Sarah pudesse pegar a sacola plástica com o Cálice. Mas ele precisaria tirá-lo das mãos do chefe primeiro.

Fergus começou novamente a falar enquanto tirava a tampa do Cálice e, para o horror de Sarah, pegou o pergaminho sagrado em que estava escrita a Memória Secreta.

– Viu? Eu sabia que estava certo! – disse Fergus. – Você pode não acreditar nisso, Kevin, mas no meu sonho ontem à noite, depois que conheci a vidente assustadora, falei com o meu avô, Ronald. Ou, para ser mais exato, falei com o fantasma dele. Até eu abrir este Cálice de Ouro, eu não sabia se estava ficando louco ou não. Mas, no sonho, o fantasma do meu avô me disse que eu encontraria essa tal de Memória Secreta neste pergaminho. Ele me disse para eu fechar os olhos para que ele pudesse lançar um feitiço sobre mim, que me permitiria entender todos os mistérios escritos aqui...

– Fergus! – o pai de Sarah interrompeu – Preciso dizer que o Cálice de Ouro ainda é propriedade da minha família. E eu ainda não concordei em vendê-lo para você.

– Vender? Deixe-me lembrá-lo de que você é um funcionário da minha empresa e que todos os furos são de minha propriedade. Você devia verificar isso no seu contrato.

– Qual contrato?

– O contrato novo que eu vou inventar amanhã! E, se não gostar dele, é melhor você simplesmente cair fora!

– E o jornal das Highlands? E os nossos planos?

– Ou você concorda em me entregar o Cálice de Ouro e tudo o que ele contém ou você está acabado, MacDonnell. Aliás, já estou com ele em minhas mãos, então não se incomode em entregá-lo para mim. Você nem vai conseguir pegá-lo, mesmo!

Kevin se sentiu insultado, além de perceber que tinha sido enganado. Então, ele se levantou e saltou na direção de Fergus, que na mesma hora começou a gritar por socorro.

Então, apareceram quatro homens grandes e corpulentos, vestidos de preto. Eram os guarda--costas de Fergus.

Puxaram Kevin para longe de Fergus, que estava com um sorriso cruel no rosto.

– Temos outro furo, não é, MacDonnell? Até já posso ver a reportagem: "Ex-jornalista desempregado é preso por atacar famoso gigante da mídia".

Um dos guarda-costas que seguravam o pai de Sarah perguntou para Fergus:

– É para chamar a polícia, chefe?

– Ainda não, meninos – respondeu ele. – Quero que nosso ex-funcionário esteja aqui para ver o que está perdendo. Antes de você me atacar, MacDonnell, eu estava prestes a lhe dizer que convoquei uma entrevista coletiva improvisada, aqui mesmo no aeroporto.

Capítulo 17

Sarah olhou ao redor no aeroporto e viu que uma grande confusão estava se formando, e havia várias pessoas segurando microfones. Ela também viu muitas pessoas que pareciam ser jornalistas. Havia câmeras de TV em todo lugar, e Sarah percebeu que muitas tinham nomes estrangeiros nas laterais.

"Minha nossa!" – ela pensou. "Essas pessoas vieram de todas as partes do mundo em tão pouco tempo. Esse cara é mesmo muito poderoso."

Muitos chegavam em jatos particulares e em voos programados. Fergus tinha avisado todos por um anúncio na internet, dizendo que tinha resolvido os mistérios mais profundos que a humanidade já conheceu. Ele tinha postado a mensagem às duas horas da manhã, horário de Inverness, logo depois de seu último sonho, em que o avô lhe havia dito que algo grande estava para acontecer.

Muitos daqueles jornalistas do mundo inteiro trabalhavam para Fergus, direta ou indiretamente. Todos queriam posicionar suas câmeras e luzes nos melhores lugares. Em meio ao turbilhão, o povo de Inverness encarava tudo com um misto de surpresa e bom humor. Muitas pessoas reconheceram Fergus McPherson, que, afinal de contas, era muito famoso. Como Fergus tinha sobrenome escocês, os moradores achavam que ele se interessava muito por suas raízes escocesas. Mal sabiam eles que, até aquela manhã, o interesse de Fergus por essas raízes era totalmente inexistente, como era o caso de Kevin. E, assim como Kevin, ele só tinha começado a se interessar pelo assunto naquele mesmo dia.

Sarah, ainda disfarçada, esperava uma chance para pegar o Cálice de volta. Então, ela de repente se lembrou de que a tinta do pergaminho desapareceria por volta das cinco horas da tarde.

Até onde ela sabia, Fergus tinha apenas olhado de relance as páginas do pergaminho, antes de colocá-lo de volta no Cálice. Na verdade, ele não parecia muito interessado no conteúdo dos "mistérios da vida", como ele mesmo tinha dito. Fergus só estava interessado na quantidade de dinheiro que poderia fazer com aquilo.

Sarah se perguntava a que horas a coletiva de imprensa começaria. Mesmo sabendo que seria quase impossível, ela esperava que a coletiva começasse após as cinco da tarde. Assim, não haveria mais nada escrito no pergaminho, que seria inútil para o clã McPherson, até que eles encontrassem um pouco de sangue MacDonnell para colocar no Cálice e quebrar o feitiço que impedia que os McPherson usassem os poderes do Cálice. O coração de Sarah ficou apertado quando ela ouviu duas pessoas conversando e descobriu que a coletiva estava prevista para começar às duas da tarde. Olhou para o relógio. Faltava apenas uma hora!

Sarah se sentou e tentou organizar seus pensamentos.

"Ok. O Fergus deu um jeito de se abrir para o mundo espiritual e agora ele pode ler a Memória Secreta. Se alguém não o impedir nas próximas horas, ele vai ler o pergaminho para milhões de ouvintes e telespectadores em todo o mundo. Espere um minuto! A vovó não disse que, se um milhão de pessoas descobrissem a Memória Secreta, o mundo todo conheceria o segredo? E, mais importante ainda, isso significa que todos, inclusive os McPherson, vão descobrir o plano de batalha dos MacDonnell, o plano que poderia salvar o clã de seus inimigos!"

Sarah olhou de novo para todas as câmeras e todos os jornalistas. Então, ela ouviu Fergus falando ao celular. Pelo tom da conversa, ele estava extremamente irritado com a pessoa do outro lado da linha. Ao ouvir atentamente, Sarah conseguiu escutar que a coletiva de imprensa só começaria quando um bilionário chegasse da África do Sul. Pelo jeito, esse homem tinha investido muito dinheiro em Fergus, fazendo propaganda de tênis esportivos em vários canais de TV e jornais dele. Ele exigia estar sentado ao lado de Fergus quando os mistérios da vida fossem revelados.

– O que você quer dizer com "vai ser bom para os negócios"? – Fergus gritou pelo telefone com um homem, que aparentemente se chamava Blair. – Ok, ok, vamos esperar. Mas não demore muito! O quê? Você vai chegar aqui na hora? Sim, vou confiar em você.

– Espero que ele demore bastante – disse Sarah para si mesma, ainda pensando na tinta, que desapareceria às cinco horas.

Fergus colocou o telefone de volta no bolso e murmurou:

– O maior mistério da vida, senhor Blair! É por isso que confiariam em mim!

Quase todos os jornalistas estavam esperando a coletiva começar. Havia muita expectativa no ar, acompanhada de muitas conversas, fofocas, gritos e risadas das pessoas reunidas. Mas já eram quase três horas, e o bilionário Blair ainda não tinha chegado.

As luzes que brilhavam em cima de Fergus mostravam que ele estava suando. Incrivelmente, ele ainda não tinha reaberto o Cálice de Ouro. Sarah mal conseguia acreditar em sua sorte. Agora ela tinha certeza de que ele só olharia o pergaminho no momento de lê-lo para a multidão. E ele não faria isso antes de o bilionário Blair aparecer.

Sarah tentava pensar em outras maneiras de atrasar as coisas. Ela desejou que fosse inverno, porque assim, quem sabe, uma tempestade de neve forte o bastante impediria que o jato particular do bilionário Blair pousasse.

"Por mais rico que ele seja, ele nunca conseguirá subornar o clima" – pensou Sarah.

De repente, anunciaram pelo alto-falante que o aeroporto estava fechado por causa de uma tempestade de neve repentina. Todos olharam pela janela e se espantaram com as toneladas de neve que caíam sobre a pista e em toda a vizinhança. Em pleno verão! As pessoas ficaram boquiabertas!

"Engraçado" – pensou Sarah. "Eu desejei que fosse inverno, e começou a nevar. O avião do senhor Blair não conseguirá pousar agora."

Mal sabia Sarah que sua avó estava por trás de tudo, lançando feitiços que funcionavam de acordo com os desejos de Sarah. A avó estava com pouco poder e definhava cada vez mais em sua cama no hospital. Mas tinha conseguido juntar suas forças com as de Sarah nesse novo feitiço.

Depois de ver a neve, Fergus desistiu de esperar o bilionário chegar e se levantou para iniciar a coletiva de imprensa sem Blair. Ele limpou a garganta e bateu no microfone que estava bem na frente dele.

Sarah olhava ao redor e se perguntava o que mais ela poderia fazer para atrasar as coisas, quando de repente percebeu que havia vários detectores de incêndio no teto. Ela desejou que eles ligassem e molhassem as pessoas que estavam ali. E foi exatamente isso que aconteceu logo em seguida! Todos começaram a correr e gritar de susto. Muitas luzes piscaram e soltaram faíscas.

Mas o interesse pelos mistérios que Fergus iria revelar era tão grande que, em cerca de meia hora, as equipes de reportagem já tinham voltado a seus lugares. Agora, o relógio marcava quatro horas. Em uma hora, a tinta desapareceria completamente do pergaminho.

Sarah desejou que o alarme de incêndio disparasse e, é claro, foi o que aconteceu imediatamente! De novo, ocorreram cenas frenéticas enquanto todos evacuavam o local. Mas agora a multidão estava mais interessada do que antes nos mistérios que Fergus tinha prometido contar. Quando todos estavam reorganizados pela terceira vez, era quase quatro e meia da tarde. Faltava apenas meia hora!

Sarah estava contente, mas não conseguia pensar em mais nada para interromper a coletiva de imprensa.

Parecia ter dado um branco em sua mente. Ela se sentiu tonta e sentou-se para recuperar as forças.

Fergus começou a falar para a multidão impaciente:

– Eu sei mesmo como mexer com vocês, não é?

O público riu.

– Bem, os senhores ficarão encantados ao ouvir que eu solucionei os mistérios da vida... e da morte! Sim, eu tenho todas as respostas bem aqui neste belo Cálice de Ouro – ele disse, pegando a sacola onde estava o Cálice.

Então, algumas pessoas riram ironicamente. As risadinhas pararam quando Fergus mostrou o Cálice de Ouro para todos verem. O público ficou pasmo diante de tanta beleza.

– Este antigo e maravilhoso artefato celta contém um pergaminho sagrado em que está escrita a Memória Secreta, que está repleta de feitiços, receitas de poções e outras magias. Ele também contém a prova concreta de que existe vida após a morte...

Quanto mais Fergus falava, mais o público começava a rir e debochar dele. Todos se perguntavam o que teria persuadido uma das pessoas mais importantes do mundo a ficar diante da imprensa e de pessoas do mundo todo fazendo comentários bizarros. Mas, depois, alguns repórteres mais experientes pensaram que Fergus nunca faria isso sem ter provas de verdade. Afinal de contas, ele não havia se tornado rico e poderoso fazendo papel de bobo. As outras pessoas começaram a pensar da mesma maneira e decidiram ouvi-lo mais atentamente.

– E agora, sem mais delongas, eu apresento para vocês...

Fergus foi interrompido por uma voz familiar para Sarah.

– Com licença, mas onde foi que você encontrou esse Cálice de Ouro? – perguntou um jornalista de aparência latina.

Sarah o reconheceu. Era Carlos, o celta. Ele piscou para ela quando ninguém estava olhando.

– Por anos esteve na minha família, aqui nas Highlands – respondeu Fergus, que prosseguiu. – Mas foi roubado de nós por pessoas muito más. Na verdade, eu só consegui recuperá-lo hoje cedo. Mas responderei às perguntas de vocês depois, cavalheiros, e o próximo a me interromper pode se retirar!

Sarah olhou para o relógio. Eram vinte para as cinco. Faltavam apenas 20 minutos!

– Desculpem a interrupção. Agora, continuando. Senhoras e senhores, eu apresento a vocês a Memória Secreta.

Com isso, ele pegou o Cálice de Ouro e começou a tirar a tampa. Mas, de repente, ele mesmo se interrompeu e disse:

– Sabem, essa última pergunta foi realmente um insulto! Onde achei o Cálice? Por favor! Ele é meu por direito. Eu posso dizer a vocês também que é meu destino dominar a Memória Secreta e todos os seus mistérios! Como vocês sabem, sou o homem mais importante do planeta, e chegou a hora de governar não só este mundo, mas todos os mundos, tanto dos vivos como dos mortos! Eu nasci para governar, não para me justificar para gente insignificante como este jornalista com cara de espanhol...

Enquanto ele continuava com seu discurso improvisado, os fantasmas McPherson do Outro Mundo, que estavam ouvindo tudo, agora batiam em suas próprias testas, pois não conseguiam acreditar no que Fergus falava. Sarah olhava para o relógio o tempo todo. Faltavam apenas cinco minutos!

– Então, senhoras e senhores – Fergus continuou –, eu sou e sempre serei o mestre de vocês. Não só porque sou rico, poderoso e importante, mas também, como vocês estão prestes a descobrir, porque sou imortal...

Dois minutos!

– Posso dizer que eu sou uma espécie de messias...

Um minuto!

Fergus pegou o Cálice de novo e retirou a tampa.

– Então, se eu fosse vocês, desejaria ser meu aliado de agora em diante.

Trinta segundos!

– Mas ainda bem que não sou nenhum de vocês! Agora vou mostrar como sou importante!

Fergus tirou o pergaminho do Cálice e o segurou bem na frente da câmera que estava mais próxima. Nesse momento, o público parecia estar com um pouco de medo de Fergus, e todos olhavam para o pergaminho que ele segurava.

Sarah podia ver que Fergus estava prestes a mostrar a prova de seu poder. De repente, a garota percebeu que ele olhava ao redor da sala. Ele estava procurando o pai dela. O olhar de Fergus encontrou Kevin, ainda prisioneiro dos guarda-costas.

Dez segundos!

– Está vendo isso, Kevin? – Fergus parou de novo, fazendo o público reclamar. – Kevin, você não devia ter mexido comigo hoje. Ok, pessoal, aqui vamos nós.

Sarah contava os segundos:

– Três, dois, um!

Nesse momento, Fergus abriu e levantou o pergaminho para que todos pudessem ver. Seu rosto estava radiante, como se ele tivesse acabado de ser coroado rei. Então, imagine o espanto dele quando as pessoas, que deveriam permanecer assustadas, começaram a rir. Ele limpou a garganta, desconcertado, e olhou para os pés. O público passou a rir mais e mais alto até que Fergus olhou para o pergaminho que tinha acabado de mostrar a todos. Ele não podia acreditar! Estava em branco! E ele tentava descobrir o porquê, já que antes, quando tinha olhado o pergaminho durante o café com o Kevin, o texto estava escrito com uma letra clara e bonita.

O público continuou a gargalhar. Afinal, não é todo dia que o homem mais importante do mundo se torna o homem mais engraçado, o mais estúpido e o mais ridículo da história de todos os mundos, tanto dos mortos como dos vivos.

No mundo dos mortos, alguns fantasmas McPherson, que tinham apostado que Fergus seria capaz de cumprir a tarefa, entregavam pilhas de dinheiro aos membros mais realistas do clã. Aquelas libras a mais não serviam de consolo para os fantasmas prestes a perder o que lhes restava da alma, mas pelo menos a sensação de vitória os ajudava a encarar a situação.

No meio de tanto tumulto, os guarda-costas que seguravam Kevin estavam rindo tanto que nem se incomodaram quando ele escapou. E isso só fez os seguranças rirem ainda mais! Kevin encontrou a filha e a abraçou.

– Prometo que nunca mais vou trair o clã – ele disse para Sarah. – Prometo que vou levar você mais a sério no futuro. Prometo...

– Está tudo bem, pai, não me envergonhe aqui na frente de todas as pessoas!

Fergus McPherson continuou gritando que era tudo verdade, mas ninguém se importou com ele. Todos estavam chamando táxis para Raigmore, onde poderiam descansar de toda aquela confusão.

A mãe de Sarah foi correndo para o aeroporto assim que ligou a televisão e viu que Fergus estava gritando com Kevin, prestes a exibir o pergaminho em branco para milhões de espectadores. Ela também tinha ótimas notícias.

Depois que todos se encontraram e se abraçaram, ela disse:

– A vovó vai ficar bem! Os médicos não conseguem entender. Dizem que foi um milagre! Ela recuperou a força de repente. Na verdade, ela se recuperou a tempo de ver o chefe do Kevin se passando por um completo idiota. Os médicos também riram bastante!

Epílogo

Sim, caro leitor, acabei de contar esta história real ao meu companheiro de quarto. O ponto alto da história aconteceu aqui mesmo, em Inverness, hoje à tarde. Estou falando e vendo TV, é muito bom ver todos rindo de Fergus. Estou muito orgulhosa de Kevin e Sarah, e de Christian, Carlos, Danny e todos os outros que ajudaram o clã MacDonnell, tanto os mortos como os vivos. Vou encerrar agora. Além disso, acho melhor desligar a TV, mas só depois de assistir à última reprise da queda de Fergus, no jornal da meia-noite. Estou contente por não estar morta, mas não tenho mais medo da morte. Agora sei que a minha alma e todas as almas do meu clã estão a salvo. Estou contente porque me recuperei e posso contar para a Sarah que agora ela é a bruxa oficial do clã. Tenho certeza de que você já adivinhou quem sou eu. Pense nisso enquanto desligo a TV, antes que a enfermeira venha me dar uma bronca por ela estar ligada!

Finalmente, quero agradecer a você, meu querido Edgar, que teve toda a paciência do mundo e ficou aqui ao meu lado escrevendo esta história para mim. Você me ajudou bastante, senhor Hyde.

Ah, como sou esquecida! Muito obrigada a você, caro leitor, por acompanhar a história desta velha senhora.

Tenha bons sonhos!!!

Edith MacDonnell

Obs.: guarde esta história em um lugar seguro!

Conheça outros títulos da coleção